Kadokawa Fantastic Novels

Contents

熊熊勇闖異世界 19

くまなの

Illustrator029

Kadokawa Fantastic Novels

▶優奈'S STATUS_

姓名：優奈
年齡：15歲
性別：女

▶熊熊連衣帽（不可轉讓）
可以透過連衣帽上的熊熊眼睛看出武器或道具的效果。
▶白熊手套（不可轉讓）
防禦手套，防禦力會根據使用者的等級而提升。
可以召喚出名叫熊急的白熊召喚獸。
▶黑熊手套（不可轉讓）
攻擊手套，威力會根據使用者的等級而提升。
可以召喚出名叫熊緩的黑熊召喚獸。
▶黑白熊服裝（不可轉讓）
外觀是布偶裝。具有雙面翻轉功能。
正面：黑熊服裝
物理與魔法防禦力會根據使用者的等級而提升。
具有耐熱與耐寒功能。
反面：白熊服裝
穿戴時體力與魔力會自動回復。
回復量與回復速度會根據使用者的等級而提升。
具有耐熱與耐寒功能。
▶黑熊鞋子（不可轉讓）
▶白熊鞋子（不可轉讓）
速度會根據使用者的等級而提升。
根據使用者的等級，可以長時間步行而不會感到疲勞。具有耐熱與耐寒功能。
◀熊緩（小熊化）
▼熊急
▶熊熊內衣（不可轉讓）
不管使用多久都不會髒。
是不會附著汗水和氣味的優秀裝備。
大小會根據裝備者的成長而變化。
▶熊熊召喚獸
使用熊熊手套所召喚的召喚獸。
可以變身成小熊。

技能

▶ **異世界語言**
可以將異世界的語言聽成日語。
說話時傳達給對方的內容也會轉變成異世界語言。

▶ **異世界文字**
可以讀懂異世界的文字。
書寫的內容也會轉變成異世界文字。

▶ **熊熊異次元箱**
白熊的嘴巴是無限大的空間。可以放進（吃掉）任何物品。
不過，裡面無法放進（吃掉）還活著的生物。
物品放在裡面的期間，時間會靜止。
放在異次元箱裡面的物品可以隨時取出。

▶ **熊熊觀察眼**
透過黑白熊服裝的連衣帽上的熊熊眼睛，可以看見武器或道具的效果。不戴上連衣帽就不會發動效果。

▶ **熊熊探測**
藉由熊的野性能力，可以探測到魔物或人類。

▶ **熊熊召喚獸**
可以從熊熊手套召喚出熊。
黑熊手套可以召喚出黑熊。
白熊手套可以召喚出白熊。
召喚獸小熊化：可以讓熊熊召喚獸變成小熊。

▶ **熊熊地圖ver.2.0**
可以將熊熊眼睛看到的地方製作成地圖。

▶ **熊熊傳送門**
只要設置傳送門，就可以在各扇門之間來回移動。
在設置好的門有三扇以上的情況下，可以透過想像來決定傳送地點。
傳送門必須戴著熊熊手套才能夠打開。

▶ **熊熊電話**
可以和遠方的人通話。
創造出來以後，能維持形體直到施術者消除為止。不會因為物理衝擊而損壞。
只要想著持有熊熊電話的對象就能接通。
來電鈴聲是熊叫。持有者可藉由灌注魔力切換開關，進行通話。

▶ **熊熊水上步行**
可以在水面上移動。
召喚獸也可以在水面上移動。

▶ **熊熊心電感應**
可以呼叫遠處的召喚獸。

魔法

▶ **熊熊之光**
藉由聚集在熊熊手套上的魔力，可以產生熊熊形狀的光球。

▶ **熊熊身體強化**
將魔力灌注到熊熊裝備，就可以進行身體強化。

▶ **熊熊火屬性魔法**
藉由聚集在熊熊手套上的魔力，可以使用火屬性的魔法。
威力會與魔力、想像呈正比。
如果想像出熊的模樣，威力會變得更強。

▶ **熊熊水屬性魔法**
藉由聚集在熊熊手套上的魔力，可以使用水屬性的魔法。
威力會與魔力、想像呈正比。
如果想像出熊的模樣，威力會變得更強。

▶ **熊熊風屬性魔法**
藉由聚集在熊熊手套上的魔力，可以使用風屬性的魔法。
威力會與魔力、想像呈正比。
如果想像出熊的模樣，威力會變得更強。

▶ **熊熊地屬性魔法**
藉由聚集在熊熊手套上的魔力，可以使用地屬性的魔法。
威力會與魔力、想像呈正比。
如果想像出熊的模樣，威力會變得更強。

▶ **熊熊電擊魔法**
藉由聚集在熊熊手套上的魔力，可以使用電擊魔法。
威力會與魔力、想像呈正比。
如果想像出熊的模樣，威力會變得更強。

▶ **熊熊治療魔法**
可以使用熊熊的善良心地治療傷病。

克里莫尼亞

菲娜
優奈在這個世界第一個遇見的少女，十歲。由於母親被優奈所救而與她結緣，開始負責肢解優奈打倒的魔物。經常被優奈帶著到處跑。

精靈村落

露依敏
倒在王都的熊熊屋前的精靈少女。為了將精靈村落的危機告訴姊姊莎妮亞，一路旅行到王都。

穆穆祿德
露依敏與莎妮亞的祖父。在精靈村落擔任長老。
過去曾是一名冒險者。

和之國

忍
與優奈同年的忍者少女，同時也是個優秀的冒險者。雖然個性不太正經，卻抱著拯救國家的堅定覺悟。

篝
長壽的妖狐（？）過去曾與穆穆祿德等人一起封印大蛇，並持續守護當地。

櫻
和之國的巫女。具有作預知夢的能力，相信優奈是能從大蛇的威脅中拯救國家的「希望之光」。

十兵衛
忍的師父，是在和之國擁有頂尖實力的武將。為了測試優奈的實力，曾與忍一起演了齣戲。

蘇芳
和之國的國王，櫻的舅父。具備身為國王的威嚴與責任感。

故事大綱

和之國正面臨大蛇即將復活的危機。因為巫女櫻的預知夢而被稱為「希望之光」的優奈，見到了守護大蛇封印的女性——篝。據她所說，過去封印大蛇的人正是在精靈村落擔任長老的穆穆祿德，於是優奈便請他與露依敏一同前來和之國。一行人開始擬定對策，大蛇復活的時刻卻愈來愈近……

異世界熊熊女孩奇幻之旅，前所未有的戰鬥即將在第十九集揭幕！

491 熊熊聽說過去的事

來到和之國的我遇見了打扮成忍者的女孩子——忍，在她的要求之下，協助她報殺父之仇。

忍與自稱十兵衛的殺父仇人戰鬥，卻敗下陣來。

然後，我代替忍與他戰鬥，打倒了他。

可是，這場戰鬥其實是為了確認我是否有能力拯救和之國而演的一齣戲。

我問他們為何要做這種事，他們便說有個人能夠夢見未來，而那個人說我是能拯救國家的希望之光。

然後，為了確認我的實力，他們便安排我跟和之國的佼佼者——十兵衛先生戰鬥。

雖然我一開始很氣他們做出這種測試他人的舉動，但因為穿著熊熊布偶裝的女孩子看起來實在不像希望之光，也因為忍真心誠意地拜託，所以我決定去見那個能夠夢見未來、名叫櫻的人物。

而等著我的，是一個跟菲娜差不多年紀的小女孩。

櫻向我坦白了一切。

她說有一種名叫大蛇的強大魔物被封印在這個國家。大蛇的封印將在近期解除，所以她希望

我能協助他們重新封印。櫻本身已經在夢裡死過好幾次。在夢裡，一個乘著野獸、散發溫暖光芒的人物救了她。

我不忍心甩開她尋求救贖的小手，於是在附加條件的情況下答應幫忙。條件就是如果我辦不到，他們必須允許我毫不猶豫地逃走。我畢竟不是萬能的，總會有辦不到的事。

我既不是勇者也不是英雄。

後來，我跟櫻與忍一起來到數百年前封印了大蛇的黎聶思島。

這座島有個守護封印幾百年的狐狸女性，名叫篝。她的胸部很大，是個性感的成熟女性。

篝小姐說以前大蛇出現的時候，她跟一個名叫穆穆祿德的精靈冒險者一起封印了大蛇。

她說如果我能讓她見到那個名叫穆穆祿德的精靈冒險者，她就承認我是希望之光。

我認識一位跟篝小姐口中的冒險者同名同姓同種族的人物。

聽說這番話的時候，我認為我這個希望之光真正的職責或許就是將穆穆祿德先生帶過來。據我所知，能夠將穆穆祿德先生帶來的人就只有我了。

我使用熊熊傳送門，將穆穆祿德先生及跟他在一起的孫女露依敏帶了過來。

篝小姐喜極而泣，對我表達感謝。

被孫女露依敏見到這一幕，穆穆祿德先生一臉害臊。

「那麼，妾身想讓穆穆祿德看看封印目前的狀況。穆穆祿德和其他人都過來吧。」

我們在篝小姐的帶領之下，走到建築物之外。

「這裡是森林裡嗎？」

一走到戶外，穆穆祿德先生便環顧四周。建築物周圍經過整地，土地外圍卻生長著樹木，看起來就像一座森林。

「這裡就是你封印了大蛇的島。」

光是聽到這句話，穆穆祿德先生似乎就馬上理解了。

「這樣啊。既然如此，只要在這座島戰鬥，就不必擔心會波及人們居住的城市了吧。」

「抱歉，情況已經沒有那麼單純了。」

篝小姐說起自己使用穆穆祿德先生的結界，防止男性進入的事。

「所以，由於妾身在你建立的封印上設下了新的結界，一旦解開結界，你所設下的封印也會一併解除。」

「可是，反正都要跟大蛇戰鬥，兩種結界都解除不就好了嗎？」

那樣就可以解開結界，讓包含男性在內的強者也加入戰鬥了。

「事情沒有那麼簡單。雖說封印效果已經減弱，但在有封印的狀態下戰鬥，跟在完全解除封印的狀態下跟大蛇戰鬥，可說是有天壤之別。萬一失敗，大蛇可能會入侵人們居住的城市。那樣一來，災害就會擴大。而且，恐懼的負面情感可能會增強大蛇的力量。若要完全解除封印，壞處會多過所有人都能上戰場的好處。」

的確，篝小姐說得有道理。雖然我不知道封印有多少效果，但如果能讓大蛇的力量減半，或是抑制將近一半，能戰鬥的人也會增加。只不過，問題在於僅限女性。

相反地，解開封印就能讓男性加入戰鬥，卻必須對付完全復活的大蛇。以現狀而言，兩者都各有好處與壞處。

「所以，首先要在有封印效果的狀態下與大蛇戰鬥，若單憑妾身等人還是無法應付，到時再解除封印即可。」

「不過，為什麼妳要設下那種結界……」

穆穆祿德先生望著篝小姐發問。

「……忍，妳摀住櫻的耳朵，稍微離遠一點。」

「好的。」

「咦，篝大人？忍，妳要做什麼？」

忍按照篝小姐的吩咐，拉起櫻的手，帶她稍微遠離我們，然後把櫻的耳朵摀起來。確認她已經聽不見的篝小姐開口說道：

「當時，妾身待在這座島上的事情已經傳開。而且，妾身不是個絕世美女嗎？」

篝小姐擺出性感的姿勢。

篝小姐的確是個美女。前凸後翹的，身材比例也很好。簡直就是幾年後的我。

「總是有人會闖到島上，半夜偷上妾身的床。」

「派遣護衛就行了吧。」

「連護衛都想打妾身的主意呢。」

我想起剛見到篝小姐時的服裝。用那副衣衫不整的樣子出現在男人面前，被當作是在誘惑對方，好像也沒辦法。

「而且，在這座島引起紛爭，或是有心術不正之人聚集的話，負面情感就會累積，可能導致大蛇的封印解除。」

「確實是那樣沒錯，但當時的國王竟然願意准許。」

畢竟萬一發生什麼事，也會需要男性的力量。

「那是當然。不過，因為發生了某件事，國王才准許妾身設下結界。」

「發生了什麼事？」

「過去曾有國王的弟弟發起政變。他是個沒有人望的糟糕男人，唯獨野心特別強。他試圖殺害兄長，策畫了各種陰謀，卻以失敗收場。」

啊，漫長的歷史中果然也會發生這種事。

「後來，那個笨弟弟因為叛國罪，被判處死刑。不過，他不知道在想什麼，竟然試圖解開大蛇的封印，將哥哥連同國家一起毀滅。贊同他的男人們闖到島上，掀起了一場風波。」

篝小姐沉浸在回憶中，這麼訴說。

也就是所謂的自暴自棄嗎？這是最棘手的狀況。

我很想說「要死你就自己去死吧」。

「因為發生了那種事，當時的國王便下達許可，讓妾身設下防止男人登島的結界。」

「可是，原來結界還能單獨阻擋男性嗎？」

「男女的魔力性質有別，結界便是以此為判斷依據。偶爾也會出現魔力接近男性的女性，但她們無法登上這座島也不會有問題。相反的例子也有，但並不多見。」

不能登上這座島，確實不會造成生活上的困擾。

再說，這座島好像只有篝小姐和偶爾來照顧她的人。

「我可以放手了嗎？」

忍詢問篝小姐是否已經說完了。

「嗯，可以了。畢竟這番話實在不適合說給小孩子聽。」

得到篝小姐的許可，忍便把手從櫻的耳朵上移開。

「嗚嗚，到底是怎麼回事？為什麼只有我不能聽？」

的確，夜襲這種事不適合跟小孩子說。

萬一她問：「什麼是夜襲？」我們也很難以小孩子聽得懂的方式說明。

「等妳長大了，妾身就告訴妳，現在就先忍忍吧。」

「我要長大才能聽，那優奈大人她們就沒關係嗎？」

「這個嘛，她們三個勉強算是大人啦。」

篝小姐稍微別開眼神說道。

「嗚嗚，太賊了。」

櫻嘟起嘴巴，一個人擺出不服氣的表情，卻也說：「等我長大了，請一定要告訴我。」跟篝小姐一言為定。

492 熊熊確認封印地點

篝小姐一邊向穆穆祿德先生說明，一邊在森林中前進。森林裡一個人都沒有，非常安靜。如此寧靜的風景，實在不像是封印著巨大魔物——大蛇的地方。

只不過，周圍也沒有鳥鳴的聲音，或許是察覺到危險而逃走了吧。

「所以，我們現在要去哪裡？」

「封印著大蛇頭的地方。這座島分別封印著大蛇的四顆頭與身體。」

「總共有五個封印啊。」

「當時相當辛苦。若沒有穆穆祿德等人的協助，這個國家早已毀滅。因為有穆穆祿德等人賭命削弱大蛇，最後才能成功封印。」

「不只是我們，另外還有很多人參與戰鬥。」

「是啊。而且，過程中有許多人死去。」

穆穆祿德先生與篝小姐回想著往事說道。那場戰鬥或許是超乎我想像地嚴酷。

「篝大人……」

櫻一臉擔心地呼喚。

「都是過去的事了，別放在心上。」

也許當時有她很重視的人在戰鬥中死去。

我不擅長應付感傷的氣氛，於是決定轉移話題。

「話說回來，封印是由篝小姐在管理吧。直到櫻作夢為止，妳都沒有發現封印減弱了嗎？」

我沒記錯的話，其他人是透過櫻的預知夢才注意到封印的狀態。登島確認以後，他們才得知封印確實減弱了。

負責管理封印的篝小姐不可能沒有發現。

「那是因為……」

「因為？」

「妾身睡著了。」

篝小姐別開臉答道。

「睡著了？」

「呃，其實篝大人有時候會睡上很長一段時間。」

「妾身是狐狸，與人不同。妾身可以一口氣睡上許久，也可以連續多天保持清醒。這次因為喝了太多酒，妾身睡了一個月左右。」

一個月也睡太久了吧？而且竟然是因為喝酒才睡著，管理結界不是妳的工作嗎？

「後來我們到了島上，篝大人還說『讓妾身再睡一個月～』呢。」

竟然還想再睡一個月，她到底有多能睡啊。

據她所說，她以前也曾經睡過好幾年。

她這樣真的算是有在管理結界嗎？

「雖然沒有資格說別人，但妾身也過得太安逸了。」

的確，這幾百年來都沒發生什麼事，會陷入安逸也沒辦法。

「妾身原以為這份和平會一直持續下去。」

她的期望很殘酷地破滅了。

走了一陣子，與篝小姐居住的神社很類似的建築物漸漸出現。

「大蛇頭就是被封印在裡面。」

篝小姐打開門，走進建築物內，觸碰鑲嵌在牆壁上的魔石。屋內亮了起來。

建築物中很寬敞，裡面空無一物。

「走這裡。」

我們跟著篝小姐走，看見房間中央有一道階梯。

「櫻和忍……」

篝小姐呼喚兩人的名字，稍微思考了一下之後望向露依敏。

「還有露依敏，妳們三個在這裡等吧。」

「為什麼呢？以前進來的時候，您並沒有說過這種話。」

「情況跟以前不同了。看到那東西可不好受。可以的話，妾身也不想讓那個熊姑娘看到，但如果她真的有意與大蛇一戰，還是先看過比較好。」

如果是噁心的東西，我也不想看，但我暫時不打算逃走。

「忍，妳要看著櫻和露依敏，別讓她們擅自行動。」

「熊緩和熊急也要看著櫻和露依敏喔。」

光靠忍也令人放不下心，所以我拜託了熊緩與熊急。

「「咿～」」

我和穆穆祿德先生留下櫻等人，跟著篝小姐走下階梯。走完樓梯後，我們看到一個與樓上同樣寬敞的空間。

「這裡是那傢伙挖的洞吧。」

穆穆祿德先生露出懷念的神情。這裡或許是他當時的冒險者同伴挖出來的洞吧。

篝小姐在中央走動，觸碰鑲嵌在地面上、類似魔石的東西。於是，地面浮現巨大的魔法陣。

魔法陣將近幾十公尺寬。然後，魔法陣發出深紅色的光芒，開始慢慢閃爍。深紅的顏色給人不祥的感覺。

「看到這個東西的確會讓人覺得不舒服。」

我看著魔法陣，覺得魔法陣好像正在動。

魔法陣會動？

我以為是自己的錯覺，然而不是。

魔法陣中有個黑色的巨大圓形正在動。

我擺出迎戰的架式。

「那裡有東西？」

聽到我的問題，篝小姐馬上答道：

「那是大蛇的眼睛。妾身一來，牠就會瞪著妾身。」

大蛇的眼睛？

眼睛頻頻轉動，感覺就像是在看著我們。

一旦得知那是眼睛，我就覺得更噁心了。這種東西的確不適合給櫻她們看。她們搞不好會因此而不敢一個人在晚上去廁所。

眼睛又動了一下，停在一個定點。如果不是我的錯覺，牠好像是在看穆穆祿德先生。

可是，篝小姐觸碰魔石並灌注魔力，大蛇的眼睛就緩緩閉了起來。

「差不多到極限了。現在妾身每天都會灌注魔力來壓制牠，但封印何時解除都不奇怪。」

可是，既然剛才的東西是眼睛，那麼大蛇究竟有多巨大？

「我要稍微調查一下。」

穆穆祿德先生朝魔法陣邁出步伐。

「你可別刺激牠了。」

穆穆祿德先生一邊觀察，一邊在魔法陣上走動，有時也會把手放到魔法陣上。他反覆做了好幾次同樣的動作。

「情況很糟糕。看來我們並沒有完全封印牠。」

「能夠封印幾百年，已經很厲害了。因為過著長年的和平生活，沒有考慮到緊急狀況的應對方式，現在終於得到報應了。」

「經妳這麼一說，我的頭也痛起來了。我畢竟也是生活在結界之中。是小姑娘拯救了我們。」

穆穆祿德先生碰到的情況並不是被封印的魔物復活，只是有魔物入侵了別人無法進入的地方。而且我覺得那件事並沒有方法能解決。

「和平並非不勞而獲的禮物。武士或士兵會維持治安，保護人民不受魔物威脅。如此一來，才能常保和平。」

「可是，我覺得大蛇這麼巨大的威脅，應該沒辦法輕易解決吧？」

「過去有曾有許多時間可以思考，和之國的國民卻都沒有這麼做。而設下結界防止男性進入的妾身，也是其中一個放棄思考的人。」

有幾百年可以思考，時間確實很充足。

「不過，幾百年的歲月也足以讓人們遺忘大蛇了。世代交替會沖淡當時與大蛇交戰的記憶，使人們漸漸失去危機感。」

我就算聽說以前的戰爭，也沒有什麼概念。雖然我知道那是不好的事，但也無法體會當時的人們有多麼恐懼與痛苦，以及他們的心情。

說到戰國時代的事，感覺就像電影一樣，對我來說只不過是一則故事。

「過著安逸生活的和之國國民，以及妾身的任性招致了現在的狀況。雖然是自作自受，但這可真惱人。妾身真想告誡過去的自己，千萬別做出傻事。」

如果我遇到跟篝小姐一樣的事，也會想辦法驅趕他人。熊熊屋就是類似的例子。

「沒有那回事啦。保護自己是很重要的事。可是，妳沒有考慮住在城堡之類的地方嗎？」

「雖說是打倒大蛇的其中一人，妾身也是活了數百年的狐狸，無法一直待在同一個地方。只有極少數人知道關於妾身的事。若長期待在城堡，總會有人起疑。而且妾身一個人生活也比較自在。」

換句話說，篝小姐也跟我一樣是個宅女吧。

「所以，穆穆祿德先生，你有辦法處理嗎？」

我一邊聽篝小姐說話，一邊詢問正在調查魔法陣的穆穆祿德先生。

「正如篝所說，封印與結界複雜地交纏在一起了。只要解除一道結界，相連的所有封印都會一併解除。」

「能否一次解除一道封印？如果是一次一個地方，妾身認為較少的戰力也能應付。」

「方法是有，但我得先看看其他封印的狀況，才能判斷是否辦得到。」

「穆穆祿德，給你添麻煩了，抱歉。」

「別放在心上。我們不是曾經並肩作戰嗎？我會盡力幫忙的。」

「感謝你。」

篝小姐高興地微笑。

這種時候是不是不該吐槽「我也在」呢？

確認過封印的我們登上階梯，回到櫻等人的身邊。

她們三個人正靠在熊緩與熊急身邊休息。

後來，我們確認了第二處、第三處封印著大蛇身體的地下魔法陣。

「還剩一個頭跟身體吧。」

「那麼，穆穆祿德大人，請問狀況如何呢？」

「封印解除只是時間的問題了。」

「果然是這樣呀。」

「不過，沒想到能撐上幾百年。這都是多虧篝一個人守護此地，不讓任何人進入的關係。如果篝沒有設下阻擋男性的結界，封印應該會更早解除。」

這麼說來，設下阻擋男性的結界可說是正確的選擇。可是，如果當時有許多足以跟大蛇戰鬥的優秀人才，或許就有可能打倒大蛇。

這終究只是我的想像，所以得不出答案。

「必須先削弱大蛇的力量，才能重新封印。而且我跟篝有談到，我們正在考慮一次對付一顆頭的方法。」

「那個方法可行嗎？」

「暫時強化其他封印地點的結界，或許就可行。只不過，即便只有一顆頭，大蛇也很強。關鍵在於能找到多少強者。」

「忍，妳覺得呢？」

所有人的視線都集中到對這一點最清楚的忍身上。

「如果封印解除，士兵就會到港口附近集合。另外……」

忍用有些難以啟齒的表情看著櫻。

「怎麼了嗎？」

「有人提議，如果大蛇完全復活，就要讓魔法師坐船，引誘大蛇遠離陸地。」

「意思是要在船上戰鬥嗎？」

「不是的，只是要讓大蛇遠離國家。」

也就是說，要從遠距離發動攻擊，讓大蛇遠離和之國。

「那麼，船上的人……」

「恐怕無法活著回來。要逃離大蛇的魔爪是很困難的。一旦承受大蛇的攻擊，船就會輕而易舉地沉沒。」

在大蛇逼近的狀況下出海的話……

「那會是一場賭命的誘導計畫。」

「可是，我沒有聽說這件事。」

「這是為了不讓櫻大人擔心。可是，根據櫻大人的預知，未來並沒有改變。所以，國王陛下認為會失敗。不過，其他人把這當作其中一個方案。」

會不會成功，要試過才知道。不試的話，國家必定會滅亡。

「希望別用上那種方法。」

「失敗的話，大蛇就會回到和之國來。」

如果櫻的預知是正確的，成功的希望很渺茫。

「而且，如果要把大蛇引到別的地方，就表示牠可能會跑到其他的國家。怎麼可以把我們國家的災難推給其他國家呢？」

「妾身並不是不能理解櫻的想法，但領導人比起他國，必須將我國國民的安全放在第一順位。若蘇芳作了那樣的決定，妳可別怪他。」

「…………」

不論是誰，都比較在乎自己人。身為一國之君，就必須優先保護自己國家的人民。即使會殃及其他國家也一樣。我雖然明白，卻也覺得心情很複雜。

「為了不讓情況演變成那樣，妾身等人才要努力呀。」

篝小姐把手放到沮喪的櫻頭上。

「是。」

櫻抬起頭答道。

要是大蛇跑去密利拉鎮就糟糕了，所以我們得在這裡打倒牠。

493 熊熊察覺大蛇復活的預兆

我們終於確認完第五處封印。從各個封印地點的距離來看，大蛇的體型非常龐大。

或許應該預設牠的體型相當於克拉肯。

「那麼穆穆祿德，你認為能暫時強化封印嗎？」

篝小姐詢問確認完所有封印的穆穆祿德先生。

「如果能夠設置魔法陣，並湊齊所需的魔石，就能暫時強化。不過，我不知道能爭取多少時間。」

「呵呵，只要比零再多一點，那就謝天謝地了。接下來就祈禱時間愈多愈好吧。」

如果時間是零，打倒大蛇的可能性確實會降低。不過，如果能盡量爭取封印的時間，成功的可能性也會提高。

「我想回村落準備一下，小姑娘，能拜託妳嗎？」

沒問題。

現場的所有人都知道熊熊傳送門的事，所以沒有必要隱瞞。我拿出熊熊傳送門，連結到精靈村落。

「那麼，我去去就回。」

「拜託你了。」

「我待在這裡也只會礙事，所以我也去幫爺爺的忙。」

露依敏跟穆穆祿德先生一起走向熊熊傳送門時，櫻叫住了她。

「露依敏小姐，很高興能認識妳。那個，請問妳還會再來嗎？」

露依敏瞄了我一眼。

「也對，等到大蛇的事情落幕，我會帶露依敏過來的。」

我的這句話讓櫻很高興。

「露依敏，我會先把門關上，你們準備好就聯絡我吧。」

「我知道了。」

穆穆祿德先生領著露依敏走進熊熊傳送門。露依敏對櫻輕輕揮手。櫻也揮手回應她。我確認他們倆都走進去之後才關門，把熊熊傳送門收了起來。

「真是一扇不可思議的門。」

「一點也沒錯。若是打得開，妾身也想要這樣的門。」

「這扇門只有我能打開喔。」

正確來說是要有熊熊玩偶手套才打得開。

「既然這樣，別把門關上不就好了嗎？」

「一直開著會消耗魔力，沒辦法啦。」

「的確，要辦到這種事，想必會消耗相當多的魔力吧。」

「真可惜。」

實際上，消耗的魔力並不多，但也無法永遠開著。

「那麼，妾身等人也該採取行動了。忍，妳帶著櫻回去吧。然後，記得把這次的事情報告給蘇芳知道。」

「了解。可是，報告的內容要怎麼辦？要向國王陛下說明穆穆祿德先生會設下強化結界的事情吧？而且，能移動到遠方的門是祕密。這樣我就沒辦法說明穆穆祿德先生為什麼會在這裡了。一旦把門的事說出去，我就會死耶。」

「確實如此。」

篝小姐看著剛才擺放熊熊傳送門的地方。

如果穆穆祿德先生要設下強化結界，確實有必要向國王報告。何時要戰鬥、戰力該怎麼分配、如何戰鬥等等，都是我們不能獨自決定的事。

這會是一場動員全國的大規模戰鬥。

只不過，雖說需要戰力，但問題在於程度到哪邊。

對我來說，能夠成為戰力就沒問題，但如果是會礙手礙腳的人，我覺得不要來還比較好。

我不想看到有人死在我面前。話雖如此，我也不能一個人戰鬥。

最糟的情況下，也許真的只能用船引誘大蛇遠離國家。運氣好的話，牠可能會跑到沒有任何人居住的荒野。

「妳就暫且謊稱穆穆祿德是碰巧來到這裡的吧。」

篝小姐可能是懶得思考了，於是隨口這麼說道。

實際上，考量到契約魔法，確實很難說明關於穆穆祿德先生的事。

「那個熊姑娘也是偶然來到這個國家的吧。像這樣的偶然剛好重疊也不奇怪。要不然，妳就說他是因為幾百年沒見到妾身這個絕世美女，才特地造訪的吧。」

篝小姐確實是美女，但我真佩服她能自己說出這種話。大概是常有各式各樣的人讚美她吧。我跟這種事情無緣。

我開始比較自己的胸部和篝小姐的胸部。

也許男人就是喜歡大胸部吧。

「既然這樣，如果國王陛下逼問我，就請篝大人自己說明喔。」

「穆穆祿德的事情只告訴蘇芳就好。能說服他的話，事情就好辦了。妾身知道那傢伙的一兩百個把柄，放心吧。」

這樣可以安心嗎？

而且國王被抓到一兩百個把柄，未免也太多了吧。

可是，既然篝小姐從國王小時候就認識他，這或許也不奇怪。

抱著不知道能不能好好說明的不安，忍與櫻也要踏上歸途了。

「那麼，我送妳們回去吧。」

我們是騎著熊緩與熊急來到這裡的，所以回程也得由我護送才行。

「真的很不好意思。」

在穆穆祿德先生回來之前，還有一段時間。就算等他們聯絡之後再回來也不算遲。

「那麼，我送櫻回去，很快就會回來了。」

「妳還真是個不可思議的小姑娘。明明打扮成一副奇怪的樣子。」

「篝小姐也是一副狐狸的造型，在打扮方面，我們半斤八兩吧。」

「妾身是真正的狐狸。」

耳朵豎了起來。

「「咿～」」

熊緩與熊急發出不甘示弱的聲音。

「妾身可沒說你們不像熊啊。」

周圍響起一陣笑聲。

應該沒有人看到熊緩與熊急還覺得牠們不像熊吧。

「呵呵，那麼，我們走吧。」

「妾身送妳們到半途。」

櫻與忍騎上熊急，我和篝小姐則騎上熊緩。

「坐起來挺舒適的呢。」

「咿～」

「怎麼啦？」

「牠說『那還用說』。」

「真是大言不慚的熊。不過，要比蓬鬆的程度，你們恐怕贏不了妾身的尾巴吧。」

篝小姐搖起尾巴。

「咿～」

「你說什麼？」

「咿～」

「妾身比較厲害。」

「咿～」

我們聽著熊緩和篝小姐鬥嘴，往海岸邊前進。

然後，漸漸開始看見海岸的時候，熊緩與熊急望著海邊發出「「咿～～～」」的聲音，似乎正在警戒著什麼。

「怎麼了！」

熊急背上的櫻嚇了一跳。我看到熊緩與熊急的反應，立刻使用探測技能。

紅喙鴉？

探測技能發現了紅喙鴉的反應。不只如此，甚至還有飛龍的反應。

塔古伊的時候也是，原來這個世界有這麼多飛龍嗎？

然後，比起飛龍的反應，另一個反應更令我驚訝。

這是什麼？

大蛇的反應正在緩緩地閃爍著。反應一下子消失，一下子又出現，不斷反覆。

這是因為牠被封印了嗎？還是代表封印快要解除了？

到底是怎麼樣？

現在的我沒有能力判斷，也沒有時間思考。

「請問熊急大人和熊緩大人怎麼了嗎？」

「有魔物正在靠近。」

「妳說什麼？」

雖然沒有靠近這裡，但看起來像是正在聚集到某處。

「這個方向是……」

大蛇被封印的地點？

我望向魔物聚集的方向。那裡毫無疑問是大蛇被封印的地點。

「篝小姐，我想確認一下，大蛇出現的當時，也有其他魔物聚集過來嗎？」

「是啊，確實有其他魔物出現，彷彿被大蛇吸引而來。」

難道大蛇會呼喚其他魔物，作為自己的糧食？

「妳怎麼了？」

「魔物正在聚集到大蛇的封印地點。」

「什麼！」

而且，不只一個地點。

我只有不好的預感。

現在最好馬上去狩獵那些魔物。

可是，我不能把櫻留在這裡。

雖然也能拜託熊急送她到陸地，但萬一在海上遇襲，熊急也沒辦法在載著人的情況下戰鬥，而且太危險了。

連想都不用想，安全的地方就在熊熊傳送門裡面。

「櫻，妳用門去露依敏那裡吧。」

我再度拿出熊熊傳送門，連接到精靈村落。

「優奈大人？」

因為事出突然，櫻不禁露出困惑的表情。

「等我打倒魔物，確定安全以後就去接妳。現在要請妳忍忍了。」

我把櫻推進熊熊傳送門。

「那忍呢？」

「我要去幫優奈。優奈說魔物跑到封印的地點了吧。既然如此，盡量多一點人手比較好。」

只有櫻要用熊熊傳送門避難。

「我會叫露依敏去接妳，妳穿過門之後先待在原地。」

「我、我知道了。各位，請千萬別勉強自己。」

櫻知道自己留在這裡也只會礙手礙腳，所以沒有說要留下來。

我關上門，拿出熊熊電話，打給露依敏。露依敏馬上就接起電話了。

『優奈小姐？』

「露依敏，我把櫻送去妳那裡了，妳來接她吧。」

『發生什麼事了嗎？』

「有魔物聚集過來。在我打倒魔物之前，為了確保櫻的安全，我讓她先去妳那裡避難了。」

『有魔物嗎！』

「這可能是大蛇的封印解除的預兆，所以妳請穆穆祿德先生加快準備的速度吧。」

『我知道了。』

我掛斷熊熊電話。

「對了，小姑娘，妳知道魔物的狀況嗎？」

「魔物好像聚集到我們一開始去的封印附近了。」

其他地方也有魔物聚集，但那裡的數量最多。

「妾身明明才剛灌注魔力，使大蛇沉睡了。趕緊出發吧！」

我和篝小姐騎著熊緩，忍騎著熊急起跑。

「可惡，穆穆祿德才剛來，原以為事情會有起色，想不到這麼快就有魔物聚集過來了。」

「可是，多虧有優奈才能馬上發現魔物，也讓櫻大人逃到安全的地方了。現在只要抵擋魔物的襲擊就好。那樣一來，穆穆祿德先生就能強化封印了。」

「忍說得對。趕緊掃蕩那些魔物即可。」

我們的目的是打倒魔物。

然後，請穆穆祿德先生強化封印，再一一解決大蛇頭就行了。

494 熊熊守護封印

我們往封印的地點前進，這時篝小姐望著天上說道：

「那是飛龍嗎？」

飛龍像是在尋找什麼似的，在天上盤旋。

「而且不只一隻。」

光是探測技能的範圍內就有十隻。

「而且那些類似黑色小鳥的東西是什麼？」

「那是紅喙鴉。」

肉眼只能看到遠處有類似黑色烏鴉的鳥正在飛，但篝小姐的眼睛好像能看出那是紅喙鴉。狐狸的視力很好嗎？還是說這是篝小姐的特長？

「數量很多耶。」

不知從何而來的成群紅喙鴉聚集到島上。探測技能發現了數也數不清的反應。

「牠們好像跟飛龍打起來了。」

飛龍與紅喙鴉正在封印著大蛇頭的地點上空爭奪地盤。

「咿～」

熊緩與熊急停了下來。

「怎麼，熊說了什麼？」

「牠們說：『各個封印地點都有魔物聚集，要去哪裡？』」

「五個地點都是嗎？」

「好像只有封印著頭的四個地點。」

我用探測技能確認過了，封印著身體的地方沒有魔物。

「也許是要當作糧食吧。」

我也有想到這個可能。

大蛇很有可能是為了吃，才將魔物呼喚到這裡的。

「就算有糧食，在被封印的狀態下也吃不到吧。」

「封印解除的時刻或許近了。」

應該不是因為我來到和之國，封印才開始解除的吧？

這個念頭一瞬間閃過我的腦海，但篝小姐說的話出乎我的意料。

「可能是因為穆穆祿德的關係。他確認各個封印的時候，妾身覺得大蛇的眼睛似乎在看穆穆祿德。」

那個噁心的眼睛啊。

「有可能是大蛇對穆穆祿德的魔力起了反應。長年封印自己的人來到眼前，大蛇可能是感知到他的魔力，在封印中氣得發狂。這個影響讓封印一口氣減弱，引來了魔物。」

篝小姐這麼推測魔物聚集而來的理由。

確實很有可能。也許大蛇從穆穆祿德先生的身上感覺到了長年封印自己的魔力。

「所以，如果穆穆祿德先生沒有來，魔物就不會來了嗎？」

「那可不一定。但是，封印遲早都會解除的。現在不過是提早罷了。」

「篝大人說得倒是很簡單，但我們什麼都沒有準備耶。」

「若穆穆祿德沒有來，也不會有強化封印的機會。到頭來還是一樣沒有作好準備。既然如此，只要打倒來襲的魔物，守護封印，再拜託穆穆祿德強化封印即可。」

雖然聽起來很簡單，但篝小姐說得對。

要是沒有穆穆祿德先生，就不會有機會強化封印，只能在束手無策的情況下等待封印解除。

可是，多虧有穆穆祿德先生在，我們才能暫時強化封印。

雖然有壞處，整體而言還是利大於弊。

只不過，要活用這份優勢，就必須單靠現場的我們打倒聚集而來的飛龍和紅喙鴉，守護封印才行。

「不過，有四個地點就麻煩了。妾身加上妳們只有三個人。」

篝小姐看著我和忍。

她明明不知道我的實力，卻把我當成其中一份戰力。

是因為相信櫻和穆穆祿德先生說的話嗎？

「我們該不會要一個人跟飛龍和紅喙鴉戰鬥吧？」

忍露出不甘願的表情。

「不戰鬥就會讓封印解除，導致大蛇復活。」

「是沒錯，但是要怎麼同時應付四個地方？就算一個人守一個地方，三個人也不夠啊。」

「就是因為如此，妾身才傷腦筋。不過，現在沒有時間思考。只能請先結束的人立刻趕過去了。」

「「咿～」」

熊緩與熊急對忍和篝小姐叫道。

我聽得出熊緩與熊急是在說「交給我們吧」。

「牠們說什麼？」

「牠們說『還有我們在』。」

我翻譯熊緩與熊急說的話。

如果把熊緩與熊急當作一個人來計算，就能同時守住四個地方。魔物有紅喙鴉和飛龍。熊緩曾經跟牠們戰鬥過，並不是打不贏。

雖然要跟熊緩與熊急分開會讓我不放心，但現在無論如何都要想辦法阻止大蛇復活。

「右邊的兩個地方由我和熊緩跟熊急負責。」

萬一熊緩與熊急發生什麼事，我也能就近處理。

「要讓這些熊戰鬥嗎？」

「如果只是普通的魔物，牠們沒問題。」

「什麼普通的魔物，是飛龍耶。」

「牠們曾經跟飛龍戰鬥過，至少能爭取時間。而且等我那邊解決了，就會馬上趕過去。」

只要快點解決，再跟熊緩與熊急會合就行了。

「在這裡爭論也是浪費時間。既然這些熊能戰鬥，也只好交給牠們了。總之時間寶貴。」

「說得也是。再怎麼想，人數也不會增加。現在應該盡早打倒魔物才對。既然這樣，我就去最左邊那裡吧。」

忍從熊急背上跳下來，以非常快的速度跑走了。

真有忍者的感覺。

「那麼，妾身負責從左邊數過來的第二處。你們叫熊緩與熊急吧。妾身提早結束就會趕過去，千萬別太勉強了。」

篝小姐對熊緩與熊急說完這番話便起跑。

尾巴在背後的衣襬下搖晃。

「熊緩、熊急，那裡有紅喙鴉和飛龍，要小心紅喙鴉的有毒嘴喙。飛龍的爪子也很銳利喔。」

你們兩個要合力戰鬥。」

「「咿～」」

「還有……」

我一臉擔心，熊緩與熊急脖子上的緞帶就發了光。

熊礦？

牠們倆好像是在說「我們有熊礦，所以沒問題」。

「我知道你們變強了，但不可以逞強喔。」

「「咿～」」

熊緩和熊急用「我們知道啦」的語氣叫道。

母親擔心孩子就是這種心情吧。

「我那邊解決之後，馬上就會趕過去的。」

「「咿～」」

熊緩與熊急回應之後，融洽地一起跑走了。

最後留下的我前往自己負責的封印地點。

雖然我對熊緩與熊急說自己會馬上趕過去，但我負責的地方聚集了最多的魔物。看過探測技能以後，我無法選擇魔物最少的地點。在不知道忍與篝小姐有多少實力的狀況下，我不能把麻煩推給她們，所以我決定自己承擔。

一來到封印地點，我便看見紅喙鴉和飛龍在建築物附近飛翔的模樣。

雖然是自己選的，但這還真是吃力不討好的工作。

我一出現，紅喙鴉便張開牠們特有的紅色嘴喙，開始鳴叫。

數十隻紅喙鴉同時叫起來還真吵。

為了讓牠們閉嘴，我放出風刃。這波攻擊成了開戰的信號。

紅喙鴉將我視為敵人，對我發動攻擊。就連飛龍也加入了戰局。飛龍的數量有四隻。

要是建築物在戰鬥中毀損，導致封印解除的話就糟了，所以我朝紅喙鴉和飛龍放出風刃，吸引牠們的注意力。

只不過，不出所料，紅喙鴉和飛龍都沒有離開建築物。就算我把其中幾隻帶離建築物，其他的紅喙鴉和飛龍也會繼續在建築物附近爭奪地盤，接二連三地聚集過來。我很慶幸牠們不會跑到其他地方，但情況還是一樣棘手。我的內心有股想用大範圍魔法一口氣解決的衝動，但要是連同建築物一起摧毀而使封印解除就糟了，所以我不能那麼做。

我耐著性子用風刃對付聚集到建築物附近的紅喙鴉，飛龍就從紅喙鴉後方振翅，對我放出風刃。

飛龍不理會紅喙鴉，向我發動攻擊。

我放出土牆，抵擋攻擊。在土牆的另一頭，有紅喙鴉被飛龍的攻擊擊落的聲音傳來。我握緊熊緩小刀與熊急小刀，從牆壁旁衝出去。

飛龍對衝出來的我放出風刃。我朝左右兩側搖晃身體，躲開風刃。風刃在地面上刻出痕跡。

我一邊閃躲飛龍的攻擊，一邊縮短距離，逼近到飛龍面前。飛龍拍動翅膀，試圖逃向空中。

我對熊緩小刀與熊急小刀灌注魔力，砍下牠的頭。

飛龍停止振翅，倒向地面。

先解決一隻了……

正當我這麼想的時候，別的紅喙鴉正在跟飛龍爭鬥，於是飛龍的攻擊打中建築物，破壞掉其中一部分。

「喂！」

我立刻放出空氣彈，把飛龍趕離建築物，卻有其他飛龍代替紅喙鴉，飛向建築物的屋頂上。

然後，牠們就像是在宣示主權，大聲鳴叫。

495 各自的戰鬥

忍的戰鬥

跟優奈等人分頭行動的我正在奔跑。

我實在沒想到，這次來到島上竟然會發生這種事。

我們騎著優奈的熊，渡海而來。

由於熊能渡海的事是不能說的祕密，所以我們來到這座島上的事，只有曉得熊能在海上步行的國王陛下知情。

我停止奔跑，從懷裡取出紙筆，寫下「島嶼遭到魔物襲擊，封印可能解除」的簡短文句。

然後，我從手中召喚出名叫嗶助的小鳥。

牠跟疾風丸一樣，是我的小夥伴。

我把紙捲成筒狀，裝進嗶助脖子上的小筒子裡。

「路上要小心魔物喔。」

嗶助發出「嗶～」的叫聲，然後起飛。

確認嗶助飛走後，我加快腳步奔跑，彌補寫信所花的時間。

我來到有封印的建築物前，看見紅喙鴉在建築物上方飛翔。牠們看起來就像是在尋找能進入建築物的入口。

我搜尋飛龍的身影，卻沒有看到。

我思考飛龍沒有現身的理由。連想都不用想，原因鐵定在於優奈。

熊緩與熊急發現了魔物的襲擊。

而且，優奈能跟牠們溝通。如果熊緩與熊急連魔物的種類都知道，也能說明這裡沒有飛龍的狀況。

優奈決定主動接下飛龍較多的地點。或許就是因為如此，她才會說要負責右邊的兩處。

「唉。」

我只能嘆氣。

這是他國的危機，就算她逃走也不會有人責怪。明明如此，優奈卻選擇承擔最危險的任務，我實在不敢相信。

第一次見到優奈的時候，我非常驚訝。一方面是因為她的打扮，一方面是因為熊可以在海上奔跑。一開始，我無法判斷優奈究竟是不是能打倒傳說中的大蛇的希望之光。

可是，這個打扮成可愛熊熊的女孩子非常強，甚至能勝過我打不贏的師父。

我從小就鍛鍊到現在。也有人說我有天分。連我自己都覺得自己很強。可是，人外有人，天外有天。我一次都不曾戰勝師父。除了師父之外還有其他強者。不過，我有自信不會輸給同年的女孩子。

但是，看到優奈與師父的戰鬥時，我才知道自己其實很弱。

優奈很強。她使用武器和魔法的技術都遠遠在我之上。

優奈看過我與師父的戰鬥。也就是說，優奈知道我的實力。就是因為知道我的實力，優奈才會接下魔物最多的地方。

而且，她什麼都沒有說，理所當然似的這麼選擇。

打扮成可愛熊熊的神奇女孩——優奈為了打倒大蛇，說出了自己的祕密。

能跟遠處的人對話的魔導具？

可以一瞬間前往遠處的魔導具？

這種祕密可無法輕易說出口。

所以我們才要使用契約魔法。如果我們在締結契約的時候拒絕或逃跑，她打算怎麼辦呢？

櫻大人是個善良的人，所以就算沒有契約也不會說出去。

篝小姐也是因為優奈才能見到穆穆祿德先生，不會恩將仇報。

我呢？

我做了最殘酷的事。

我暗中調查優奈，測試她、欺騙她，還把自己的期望強加在她身上。可是，優奈沒有生氣。

我絕不會背叛優奈的心意。

我將手伸進懷中，取出短刀。我作了一次深呼吸，然後朝紅喙鴉奔去。

就算分配到最輕鬆的地方，我也不能掉以輕心。我要盡快打倒魔物，前往其他地方。

然後，我要去幫助優奈。

我利用建築物周圍的柵欄，跳上屋頂。我一跳上屋頂，紅喙鴉就有了反應。

我要速戰速決。

我對短刀灌注魔力，使勁一揮。揮出的短刀釋放風刃，朝紅喙鴉飛去。

比起用手施展，從武器放出的風刃比較容易想像，鋒利度也會增加。

所以，看到優奈若無其事地用手施展魔法時，我很佩服她。而且比起我使出的魔法，她的魔法更鋒利、更強勁。

這就是才能的差距。

我無法觸及的領域。

世界上就是有所謂的天才。

自己沒有的東西也強求不來。

我得用自己擁有的能力戰鬥。

我用短刀放出風刃，打倒一隻又一隻的紅喙鴉。

熊緩與熊急的戰鬥

優奈抵達大蛇的封印時，熊緩與熊急也抵達封印的地點了。

「咿～」

「咿～」

熊緩與熊急同時發出叫聲。看來牠們好像是在競爭，比比看誰能為了主人優奈，更早抵達現場。

不過遺憾的是，現場沒有任何人見證這場勝負，所以不知道究竟是誰比較早抵達。熊緩與熊急互相磨蹭彼此的身體，主張自己才是勝利者。

但是，現在不是爭論這種事的時候了。眼前有飛龍正在吃著紅喙鴉。抬頭一看，還能看到紅喙鴉正與另一隻飛龍互相威嚇。

「咿～」

「咿～」

熊緩與熊急板起臉。

主人優奈的指示是保護建築物內的封印不被紅喙鴉和飛龍破壞。而且，不可以逞強。熊緩與熊急知道自己受傷的話，身為主人的優奈會很傷心。所以，牠們會注意別受傷。

熊緩與熊急出現在進食中的飛龍面前，牠便抬起頭，發出低吼聲。用餐時間被打斷，牠似乎很生氣。

不過，熊緩與熊急並不害怕，反而用「咿～」的叫聲對抗牠。

飛龍吞下紅喙鴉的肉，然後朝熊緩與熊急踏出一步，像是找到下一個獵物似的張開嘴巴。

「咿～」

「咿～」

熊緩與熊急用後腳站穩地面，進入迎戰狀態。

飛龍振翅飛向天空，在熊緩與熊急上方反覆盤旋，然後一口氣滑翔。飛龍的利爪襲向熊緩與熊急。

熊緩與熊急往左右兩側散開，躲避飛龍的攻擊。

躲開攻擊的熊緩與熊急撲向降落在地面上的飛龍。不過，飛龍馬上振翅起飛，躲開了熊緩與熊急的攻擊。

「咿～」

熊緩看著天上的飛龍，一臉不甘心。

地上的熊緩對天上的飛龍束手無策。這時有幾隻紅喙鴉朝熊緩發動攻擊了。

「咿～！」

熊緩對纏著自己的紅喙鴉揮舞前腳，或是張大嘴巴，威嚇牠們。

「咿～！」

熊緩呼叫熊急，但熊急正在跟別隻飛龍戰鬥。

「咿～！」

熊緩灌注力量，胸口緞帶中的熊礦便發出光芒。然後，牠揮舞前腳，從爪子尖端放出風刃，將紅喙鴉大卸八塊。

熊緩馬上去幫助與飛龍戰鬥的熊急。不過，剛才逃走的飛龍又撲向熊緩，阻止了牠。

「咿～！」

兩熊各自與飛龍進入一對一的對決。

而且，周圍還有紅喙鴉正在四處飛行。

熊緩與熊急必須一邊注意紅喙鴉，一邊對付飛龍。

「咿～」

「咿～！」

熊緩一叫，熊急也用叫聲回應牠。牠們同時用爪子對飛龍放出風刃。

兩場戰鬥開始了。

「咿～」

「咿～」

熊緩左右移動，吸引飛龍的注意力。

熊急在不妨礙熊緩的情況下應戰。

熊緩與熊急一面注意彼此的安危，一面戰鬥。

然後，不知不覺間，熊緩與熊急已經會合，背對背掩護彼此。

兩隻飛龍開始在熊緩與熊急上方盤旋，似乎是在尋找發動攻擊的時機。

熊緩與熊急正在觀望情況的時候，飛龍從上方撲過來了。

熊緩與熊急正面迎戰飛龍。

「咿～」

「咿～」

熊緩與熊急的緞帶開始發光。熊礦提昇了牠們的體能。熊緩與熊急朝逼近的飛龍奔去。

雙方交錯的時候，飛龍的利爪襲向熊緩與熊急，熊緩與熊急的利爪也襲向飛龍。

熊緩與熊急的爪子稍微劃過飛龍，讓兩隻飛龍的身體流出鮮血。飛龍發出「嘎嘎」的憤怒叫聲。

「咿～」

「咿～」

熊緩與熊急沒有停止攻勢。飛龍待在地上的現在就是攻擊的好機會。

牠們正要對飛龍發動攻擊的時候，後方有某種東西崩塌的聲音傳了過來。牠們望向聲音的來源，發現有紅喙鴉正在破壞建築物的一部分。

熊緩與熊急必須保護有封印的建築物。

「咿～」

「咿～」

熊緩與熊急開始互相討論。

主人優奈的請求是保護有封印的建築物，以及打倒魔物。

牠們要決定優先順序。

「咿～」

「咿～」

熊緩與熊急結束討論，熊急便朝建築物奔去。熊緩則阻擋在飛龍面前，掩護熊急。

熊急要保護建築物不被紅喙鴉破壞，熊緩則負責對付飛龍。

熊急打倒試圖闖進建築物的紅喙鴉，然後順勢跳上建築物的屋頂，對紅喙鴉發動攻擊。紅喙鴉飛著逃向空中。

「咿～」

逃離熊急的紅喙鴉在天上飛，開始圍繞著建築物周圍。熊急揮舞前腳，用爪子放出風刃，保護建築物不受紅喙鴉傷害。

熊急正在保護建築物不受紅喙鴉傷害的時候，熊緩與飛龍的戰鬥再度開始。

飛龍從上方發動攻擊，熊緩則在地上應戰。

「咿～」

熊緩對飛龍吼叫。

於是，飛龍拍動翅膀，放出一陣風。熊緩在地面上奔跑。飛龍追上了逃走的熊緩。

熊緩轉過身來，撲向逼近自己的飛龍。熊緩對飛龍揮舞爪子。

熊緩的爪子看似就要命中了，然而飛龍立刻振翅飛向天上。就差那麼一點點，熊緩的攻擊卻打不到牠。

「咿～」

熊緩著地，露出不甘心的神情。

熊緩對前腳灌注魔力，朝滯空的飛龍揮舞，爪子尖端便放出風刃。

飛龍翻轉身體，躲開了攻擊。熊緩不氣餒，不斷放出風刃。

飛龍正要躲開熊緩的風刃時，後面有個白色的東西撲向了牠。

「咿～」

熊急以建築物為跳台，高高撲向飛龍。

熊緩放出的風刃將飛龍驅趕到了建築物附近。熊急就從建築物上發動攻擊，以尖銳的爪子撕

裂了飛龍的翅膀。

翅膀遭到熊急攻擊的飛龍重重摔在地面上。飛龍試圖站起來逃走，熊緩卻用爪子刺向飛龍的脖子。

「咿～」

「咿～」

熊緩與熊急合作打倒了飛龍。

還剩下一隻飛龍與幾隻紅喙鴉。現在的情況完全是對熊緩與熊急有利。另一方面，篝也抵達了自己負責的封印之處。

篝的戰鬥

妾身得盡早結束，趕到那些熊身邊。

雖然忍與熊姑娘也很令人擔心，但妾身最擔心的是那些熊。熊姑娘的能力是未知數。不過，就連穆穆祿德都將她視為可靠的戰力。她穿著一身奇裝異服，忍與櫻卻都很信任她。

而且，妾身知道忍的為人。她平時雖然吊兒郎當，骨子裡卻是個認真的人。她是十兵衛的徒弟，實力相當高強。若要問她算不算一流，實力還是稍嫌不足。不過她還如此年輕，已經算是非常強的了。對付一隻飛龍，對她來說不成問題。問題在於她負責的地方究竟有幾隻飛龍。數量一多，可能會發生最糟的狀況。

這一點對熊姑娘與那些熊來說也一樣。每個地方都令妾身擔憂。妾身必須及早打倒魔物，趕往其他地方。

說到此處的狀況，建築物的周圍有成群的紅喙鴉正在飛舞，上空還有兩隻飛龍。

「首先就從礙事的紅喙鴉開始解決吧。」

一隻紅喙鴉朝妾身飛來。

「篝火！」

妾身用聚集在手上的魔力施放火球——篝火。被篝火吞噬的紅喙鴉發出哀號，墜落至地面。

聽到這陣哀號，其他的紅喙鴉也朝妾身飛了過來。

「看妾身把你們全做成烤小鳥，放馬過來吧。」

妾身將襲來的紅喙鴉全部燒死。

牠們離開建築物而來，正好省得妾身麻煩。若牠們待在建築物附近，就無法使用篝火了。

然後，當妾身正順利地燒死紅喙鴉的時候，巨大的鳥從天上降落，開始啃食妾身燒死的紅喙鴉。兩隻飛龍降落到地面了。

「篝火。」

妾身朝啃食紅喙鴉的飛龍放出篝火，卻被牠們的翅膀擋住了。

飛龍發出低吼，面向妾身。

看來在用餐時間被打擾，似乎將牠們惹毛了。

不過，妾身喝酒時被打擾也會發火，所以能理解牠們的心情。話雖如此，妾身也不打算讓牠們慢慢用餐。

飛龍停止進食，張開並拍動翅膀。

牠們朝妾身放出風刃。妾身一個轉身躲開，同時發射篝火，卻被堅硬的翅膀表皮擋下了。

事情果然不如對付紅喙鴉那般簡單。

考慮到大蛇的事，妾身實在不想使用太多力量。不過若在這個時候留一手，導致建築物遭到破壞，使封印解除的話，後果將不堪設想。

而且，打倒這裡的魔物也不算結束。

熊姑娘、熊緩與熊急、忍都在其他地方戰鬥。任何一處封印解除就完蛋了。

妾身在體內凝聚力量。臀部附近的衣服開始晃動。新的尾巴從衣服下出現，變成兩條尾巴。

「呼，好久沒用這招了，真累人。」

妾身搖搖尾巴，確認沒有問題。

「那麼，繼續應戰吧。」

過了一陣子，我將所有的紅喙鴉都打倒了。

因為中途也有近身搏鬥，我的身上沾到了紅喙鴉的血。

「結束了。」

我開始煩惱要留在這裡看守，還是去其他地方支援。

我原本打算在打倒紅喙鴉之後就前往其他地方。可是，紅喙鴉的數量在我戰鬥的期間變多了。接下來可能還會有新的魔物出現。

我得快點決定要怎麼做。

我爬上附近的高大樹木，瞭望周圍。

我望向優奈負責的方向，看見那裡有好幾隻飛龍正在飛翔。優奈那裡的魔物果然是最多的。熊緩與熊急，以及篝大人那裡也有飛龍出沒。

我不知道究竟該前往其他地方，還是留在這裡等待魔物。

不過，我馬上就沒有必要猶豫了。

我看見三隻飛龍正從海上朝這裡飛過來。

看來牠們不打算讓我休息了。

飛龍從天上飛來。我忍不住在心中默默祈禱牠們會略過這裡。

我或許是個卑鄙的人。

可是，如果牠們真的沒有停下來，那也不是我的錯吧？

我站到屋頂上最顯眼的地方。

可能是看見我了，也有可能是跟其他魔物一樣，被大蛇的封印吸引而來，飛龍朝我這裡降落。

「三隻全都來了啊……」

近看飛龍會覺得牠們的體型很龐大。

情況或許不太妙。

有沒有人能來幫忙呢？

考慮到我從樹上看見的狀況，我知道沒有人會來幫我。

就算賭上性命，我也要守住封印。

我握緊短刀。

優奈的戰鬥

我正在跟紅喙鴉和飛龍戰鬥。

牠們接二連三地出現。我想盡早解決，趕往熊緩與熊急身邊。

我對紅喙鴉放出風魔法。紅喙鴉被風刃大卸八塊，紛紛落地。期間，我也會對飛龍發動攻擊，吸引牠們的注意力。一定要守住建築物。

遭到攻擊的飛龍朝我撲過來。我從熊熊箱裡取出祕銀小刀，躲開飛龍的利爪，砍向翅膀。

被砍傷翅膀的飛龍氣得發狂，但我接著用土魔法做出牆壁來封鎖牠的行動，再用冰箭貫穿牠的身體。

我接二連三地打倒紅喙鴉和飛龍。

我想快點解決，趕到熊緩與熊急身邊。

雖然有點不放心，但只要牠們互相合作，應該不會被飛龍打敗。

只不過，我最擔心的是紅喙鴉和飛龍的數量。

我偶爾會用探測技能確認其他地點，但既然已經使用契約魔法，也許我應該給所有人一支熊熊電話才對。

那樣一來，萬一發生什麼事，我們也能馬上聯絡彼此。

因為有魔物出現，我滿腦子都想著守護封印和打倒魔物的事，沒有設想到那裡。

我趁著空檔用探測技能確認，發現每個封印地點的魔物數量都正在順利地減少。

熊緩與熊急那裡的飛龍反應已經消失了。也許他們正默契十足地戰鬥著。

篝小姐前往的封印地點也有不少魔物消失。不愧是過去曾和穆穆祿德先生一起跟大蛇戰鬥的人。我很少看到強者的戰鬥，真想看看篝小姐戰鬥的樣子。

另外還有一個地方——忍前往的地方。

那裡有很多紅喙鴉，卻沒有飛龍。

可是，我用探測技能確認的時候，發現了新的飛龍反應。

我已經在忍與十兵衛先生的戰鬥中見識過她的實力。跟那個在克里莫尼亞找我碴的，名叫戴波什麼什麼的冒險者相比，她毫無疑問比較強。

可是，我不知道她的實力是否足以跟飛龍戰鬥。

或許是忍的情況比較令人擔心。

就算要趕過去，我也得先打倒這棟建築物周圍的魔物才行。

話說回來，牠們能不能別賴在建築物附近啊？

我用空氣彈打飛試圖闖進建築物的紅喙鴉，趁牠們遠離建築物的時候，用熊熊魔法確實打倒牠們。

我決定暫時相信其他人，專心看守自己負責的建築物。

496 櫻幫助大家

熊急大人與熊緩大人發出叫聲。

好像是因為有魔物靠近這座島，正在前往封印著大蛇的地點。

由於情況很危險，所以優奈大人使用不可思議的門，送我前往露依敏小姐所在的地方。

這表示我要留下其他人，獨自逃到安全的地方。

優奈大人、篝大人與忍都要留在島上，保護封印不被魔物破壞。我沒有能力戰鬥。

我知道自己留在島上也只會礙手礙腳。

所以，我把「我也要留下來」的話吞了回去。

我留下來也什麼都辦不到。

我走進優奈大人拿出的門中。

優奈大人笑著對我說：「別擔心。」慢慢關上我眼前的門。

我一個人逃到了安全的地方。

這裡就是露依敏小姐和穆穆祿德大人居住的地方。

周圍是一片森林，還可以看見高高的岩山。

這裡很安靜，一個人也沒有。

我感到擔憂。

我注視著門。

優奈大人等人就在這扇門後面。可是，那裡離這裡很遙遠，是靠我的雙腳無法前往的地方。

如果優奈大人有什麼萬一，這扇門就永遠不會再開啟了。

那樣的話，我或許無法回到自己的國家。不，如果優奈大人有什麼閃失，可能連國家都會滅亡。

不安壓得我喘不過氣。

請各位一定要平安無事。

我在門前等待了一陣子，便聽見了馬奔跑過來的聲音。

「小櫻！」

「露依敏小姐！」

露依敏小姐騎著馬來了。露依敏小姐從馬背上下來，來到我面前。

「小櫻，妳沒事吧？」

見到露依敏小姐，讓我鬆了一口氣。

「是，我沒事。因為魔物來襲之前，我就來到這裡了。」

「這樣呀。可是，已經沒事了。待在這裡很安全。」

「不過，其他人都留在那裡守護大蛇的封印，只有我逃走……」

無能為力的自己讓我覺得很不甘心。

「戰鬥的事情交給優奈小姐就沒問題了。優奈小姐明明打扮成那麼可愛的樣子，卻強得不得了。」

露依敏小姐對垂頭喪氣的我溫柔地說道。

「妳說得對。可是，我還是忍不住希望自己也有能力戰鬥。讓大家上戰場，自己卻待在安全的地方，感覺真的很難受。」

因為我是個弱小的孩子。如果我是大人，或許能跟大家一起戰鬥。什麼力量都沒有的自己讓我很不甘心。

我正認真地感到煩惱的時候，露依敏小姐瞇起眼睛問道：

「呃，小櫻，妳的年齡跟妳的外表相符吧？」

這話是什麼意思呢？

「我今年就滿十歲了。」

「果然沒錯。」

「請問，妳為什麼要這麼問呢？」

「因為小櫻，妳不太像小孩子，我還猜想妳的年紀會不會更大呢。」

「我不像小孩子嗎？」

周圍的人經常說我還是個小孩子。

「嗯，因為妳的想法很像大人呀。我覺得小孩子可以依賴大人沒關係。我爺爺經常說，保護小孩是大人的職責。不過，我也不知道優奈小姐算不算大人就是了。」

露依敏小姐笑著這麼說。

「真要這麼說的話，忍也一樣。」

我覺得忍和優奈大人並不是小孩子，但也不算是大人。

不過，她們兩個人跟我不同，能夠好好保護自己。而且，她們也有能力保護別人。

「但是，我還是希望自己有能力戰鬥。我想要能保護大家的力量。」

不過，即使我有能力戰鬥，也不一定能跟魔物戰鬥。

要是見到魔物，我或許會怕得動彈不得。

優奈大人和忍都不會害怕戰鬥嗎？

「我也跟妳一樣。我的村落以前曾經發生很嚴重的事，當時的我什麼都辦不到。」

「露依敏小姐也是嗎？」

「嗯，對呀。爺爺和優奈小姐明明都在戰鬥，我卻只是待在家裡。我沒辦法跟優奈小姐一起戰鬥。所以，這次我才會決定幫爺爺的忙。小櫻也一樣，只要去做自己做得到的事就行了。」

「露依敏小姐……」

露依敏小姐對我伸出手。

自己做得到的事。

什麼都不做，就無法拯救任何人。可是，即使是小事，只要去做自己做得到的事，或許就能拯救某個人。

我抓住露依敏小姐對我伸出的手。

「好的。」

我無法戰鬥。

「露依敏小姐，請讓我一起幫穆穆祿德大人的忙吧。」

「嗯，那我們去找爺爺吧。」

我不知道自己能幫上穆穆祿德大人多少忙，但比起呆呆地等著優奈大人她們，我想要盡量去做自己做得到的事。

「那麼，我要稍微趕路了，妳抓好囉。」

「好的。」

我跟露依敏小姐一起騎上馬，從後面抓住露依敏小姐。

我抓住露依敏小姐的身體之後，她便駕著馬起跑。我緊緊抱著露依敏小姐，免得摔下去。

奔馳了一陣子，我們進入村落，在一棟房子前停了下來。

「我們到了。」

我慢慢從馬背上下來。

我不小心搖晃了一下。

「妳還好吧？」

「是，我沒事。」

這裡就是露依敏小姐居住的村落吧。街景跟我們的城市完全不同。村裡的人們都看著我們。

看見不同的建築物與服裝，我才實際體會到抵達其他國家的感覺。

「小櫻，走這邊。」

我正在環顧四周的時候，露依敏小姐叫了我一聲。

露依敏小姐站在眼前的房子門口。

現在不是觀察四周的時候了。我朝露依敏小姐走去。

「請問這棟房子是？」

「是我爺爺的家。爺爺就在這裡，跟我來。」

露依敏小姐走進屋內。我跟在她的後面。

「打擾了。」

我打了聲招呼，走進屋內。

屋裡跟我們居住的房子完全不同，感覺真是不可思議。

我跟著露依敏小姐在走廊上前進，遇到了往上的階梯與往下的階梯。露依敏小姐朝往下的階梯走去。

我們走下階梯，來到一個大房間，穆穆祿德大人就在裡面。

「爺爺，我回來了。」

「打擾了。」

穆穆祿德大人轉頭看著走進房間的我們。

「我聽說魔物現身了，是真的嗎？」

「是的。熊急大人與熊緩大人發現有魔物靠近，所以優奈大人她們就留下來跟魔物戰鬥了。因為情況很危險，優奈大人要我來這裡避難。」

「這樣啊。既然有魔物出現，這樣也比較好。會讓小姑娘她們擔憂的因素是愈少愈好。」

被說成令人擔憂的因素，讓我感到心痛。

我真的是什麼都辦不到的無能之人。

「爺爺，你也不必這麼說吧？」

「一邊保護他人一邊戰鬥，是相當耗神的事。就算把她留在島上的安全地帶，內心還是會擔心她可能被魔物襲擊。守護他人的戰鬥就是這麼一回事。」

「話是這麼說沒錯啦。」

「露依敏小姐，沒關係的。我也心知肚明，所以才會來到這裡。」

只要能盡量減少大家的負擔就好。現在的我只能做到這點小事。

「小櫻……」

「不過，魔物已經聚集到島上了啊……這下得加緊腳步了。」

「穆穆祿德大人，請問那真的是封印即將解除的預兆嗎？」

「很有可能。反過來說，除此之外也沒有其他會讓魔物聚集到島上的理由了。」

穆穆祿德大人的一番話讓我感覺到大蛇的復活已經逐漸化為現實。

好可怕。

我害怕自己會死，也害怕看到大家死去。我不希望那場悲傷的夢境成真。

「爺爺，我是不是應該向優奈小姐確認一下狀況？」

露依敏小姐的手上拿著熊造型的人偶。那是能跟遠方的人對話的魔導具。

「不，小姑娘她們正在跟魔物戰鬥吧。這樣只會打擾她們。如果那邊發生了什麼事，小姑娘自然會聯絡我們。我們只能盡早作好強化封印的準備。」

穆穆祿德大人說得對。

我們不該在戰鬥中聯絡，妨礙優奈大人。

「穆穆祿德大人，請問我能不能幫上什麼忙呢？我想盡早回到那裡。只要是我辦得到的事，我什麼都願意做，請告訴我吧。」

「那麼，就請妳收拾那邊的地毯吧。」

穆穆祿德大人的視線前方有許多攤開的地毯。

上面畫著漂亮的花紋。

「爺爺正在尋找能強化封印的魔法陣地毯。」

畫在這些地毯上的花紋似乎是魔法陣。

原來有這麼多種類呀。

而且，他要從中找出需要的地毯。

過程肯定相當累人。

「小櫻，妳收拾那邊的地毯。捲起來之後，麻煩妳放到那邊的空架子上。」

「我知道了。」

我按照露依敏小姐的指示，把畫著漂亮花紋的地毯捲起來，收到架子上。

較小的地毯由我一個人收拾，較大的地毯則是跟露依敏小姐一起收拾。

「爺爺，你還沒找到嗎？」

穆穆祿德大人攤開一張地毯，又說道「不對」、「不是這張」，然後攤開下一張地毯。

「因為上次使用是很久以前了。」

「真是的，如果有好好整理就不會這樣了。」

房間裡有許多架子，上面放著大量的地毯。

「因為平常不會用到魔法陣啊，就算忘記收到哪裡也沒辦法吧。」

「所以我才說，平常好好整理就不會這樣了嘛。在地毯上寫魔法陣的名稱就輕鬆多了。」

的確，上面連名稱也沒有寫，所以我不知道是什麼魔法陣。

從現狀看來，我覺得露依敏小姐說得很有道理。大蛇或許就快要復活了。我忍不住感到心急如焚。

「我知道。我以後就會整理了。」

「奶奶說你每次都這麼說，結果還是沒有做。」

「我本來打算幾年後再動工的。」

「我下次也會幫忙收拾的，快點做完吧。」

「我知道，我知道。不過，現在的當務之急是找出強化封印的魔法陣。沒有空間可以攤開了，妳們快收拾吧。」

「爺爺……」

露依敏小姐一邊抱怨，一邊收拾地毯。

「幾年後嗎……」

聽到穆穆祿德大人說的話，我忍不住思考幾年後的事。

到時候大蛇會如何呢？國家又會如何？而我……萬一優奈大人發生了什麼事，我就回不了自己的國家了。

一想到這裡就讓我不安。

「小櫻，妳怎麼了？」

發現我的手已經停下來的露依敏小姐這麼問道。

「沒有啦，我只是在想幾年後的事情。如果無法重新封印大蛇，不知道國家會怎麼樣。」

「不用擔心啦。畢竟有優奈小姐在啊。」

露依敏小姐這麼鼓勵我。

「露依敏小姐，妳真的很信任優奈大人呢。」

「嗯，因為優奈小姐非常強，一定能打倒大蛇的。」

優奈大人是反覆出現在夢裡的希望之光。我也相信優奈大人。

「而且爺爺也會想辦法解決問題的。」

「我會盡我所能。我不會叫妳放心，但要抱持希望。」

「好的，謝謝您。」

我重新動起停下來的手。

這時露依敏小姐向我發問了。

「小櫻，妳將來想做什麼？」

「將來嗎？」

我會繼續做巫女的工作嗎？

不過，我在短短的期間內遇見了優奈大人、露依敏小姐，還穿越不可思議的門，體驗了許多

事。

「雖然不知道要等到什麼時候，但我想巡迴世界各地。」

我有這樣的想法。

可是，我必須變強才行。這才是最大的問題。

「不過，我無法戰鬥，或許辦不到。」

我今年才十歲。如果向忍學習各種武術，我也能變強嗎？

「既然這樣，我也跟妳一起去。」

「露依敏小姐？」

「在妳長大之前，我會努力變得強到可以保護妳的。」

「我、我也會努力練習魔法的。」

前提是我有魔法的才能。

父親大人好像不會使用魔法，但母親大人會使用魔法。我繼承了母親大人的血統，應該能使用魔法才對。

而且舅父大人說我很像母親大人。

所以，等到我學會魔法，或許可以跟露依敏小姐一起環遊世界。

不過，最早也要等到五年後吧？

「露依敏小姐，可以請妳等我五年左右嗎？」

「嗯，要我等十年或一百年也可以喔。」

不，一百年後我早就過世了。

「在那之前還得先打倒大蛇才行呢。」

「是。」

為了未來的希望，現在必須做好分內的事。

後來過了不久，我們終於找到強化封印的魔法陣了。

只不過，還有一個問題。

強化封印的魔法陣地毯就攤在地板上。

「這個東西真的可以強化封印嗎？」

「雖然是簡易版，但沒問題。只不過，問題在於必須持續灌注魔力。」

要持續發動魔法陣，似乎得不斷灌注魔力才行。

而且穆穆祿德大人還說，找幾個魔法師來就能爭取時間了。

「很抱歉，請妳別期待這個村落的居民會幫忙。我不能讓村民遭遇危險。」

「是，我明白。」

這個村落的人們與我們的國家無關。我不能帶他們去可能有生命危險的地方。

這是我們國家的問題。

「告知舅父大人應該就能找到魔法師了，所以沒關係。」

「不過，我會盡量幫忙的。」

「穆穆祿德大人，非常感謝您。」

話說回來，這樣就有希望了。

只要能暫時強化魔法陣的封印，趁這段期間一一打倒大蛇頭，國家就能得救了。

「不過，有個問題。」

「問題是嗎？」

「強化封印的魔法陣只有三張。」

大蛇的封印地點包含身體在內，共有五處。可是，頭部總共有四處，所以首先強化三顆頭的封印，再與剩下的一顆頭戰鬥就可以了吧？

不過，穆穆祿德大人說封印身體的地點是最重要的。

「如果沒有阻止身體供給至頭部的魔力，其他的頭也會接連復活。再怎麼強化頭部的封印，靠人的魔力也難以壓制。」

「這麼說來，必須在壓制身體的同時，也壓制其他的頭部嗎？」

「沒錯。」

「可是，魔法陣只有三張。」

還缺少一張。

最糟的情況下，大家必須同時跟兩顆大蛇頭戰鬥。

「櫻，妳說妳是國王的外甥女對吧。」

「是的，但我現在的身分是巫女。」

「那也沒關係，只要能向國王轉達就行了。」

「我是可以代為轉達沒錯。」

「那麼，為了應付突發狀況，我要先向妳說明這個魔法陣的用法。」

「我嗎？可是，我不懂魔法陣。」

「這並不困難，別擔心。萬一我發生了什麼事，就必須有人轉達給統治你們國家的人。妳也想為國家做點什麼吧？」

「…………」

萬一發生什麼事──一聽到這句話，我就會想起夢裡發生的事，想起大家死去的景象。

現在還不確定能打倒大蛇。接下來不知道會發生什麼事。

優奈大人現身，又遇見了穆穆祿德大人，讓我不禁鬆了一口氣。

「我明白了。穆穆祿德大人，請告訴我該如何使用魔法陣。」

我不想因為沒有盡力而後悔。

穆穆祿德大人在地上攤開魔法陣地毯，把大小相當於我的拳頭的魔石放在魔法陣上。

「竟然用上了這麼大的魔石。」

尺寸比普遍使用的魔石更大。

「我會向你們國家請款，妳不必放在心上。」

「好的，我一定會向國王轉達這件事。即使國王拒絕，我也一定會付清費用的。」

就算耗盡父母留下的財產，我也要報恩。要是這樣還不夠，我可以去工作。

我認真地回答，穆穆祿德大人就笑了出來。

「開玩笑的，不必了。」

「可是……」

「我只是要收拾以前留下的爛攤子而已。所以，妳別放在心上。光是能再見到篝，我就心懷感激了。」

穆穆祿德大人溫柔地把手放到我的頭上。

「……穆穆祿德大人。」

「沒有時間了，妳要確實記住。」

「是。」

穆穆祿德大人教我使用魔法陣的方法。露依敏小姐一邊在旁邊收拾地毯，一邊看著我們。

用法比想像中還要簡單，幸好我一次就學會了。

只不過，問題是需要魔力。穆穆祿德大人剛才說過，期間必須不斷灌注魔力，如果要持續好幾天，就必須召集好幾名魔力量相當多的人。

不過，漸漸開始有了希望。

穆穆祿德大人收起魔法陣地毯，放進道具袋。

「那麼，我們趕緊回去找篝她們吧。」

我們作好準備以後，走出家門，前往可以移動到他處的門前。

497 忍賭上性命的戰鬥

「呼、呼……」

我將一隻飛龍的單邊翅膀砍斷，讓牠掉到地面上。我想給牠最後一擊，卻遭到其他飛龍阻礙。

一隻在天上飛，另一隻被我刺瞎了單眼，正瞪著我低吼。

「別那麼生氣嘛。」

的確，如果自己的眼睛被刺瞎，我應該也會生氣或逃走。

我希望牠選擇後者，牠卻看著我發火。

我握緊沾血的短刀。

「這還真難熬。」

如果只有一隻，我覺得自己還應付得來。可是，要同時對付三隻飛龍，周圍還有紅喙鴉，光靠我一個人實在太吃力了。

我躲開了攻擊，所以沒有受到致命傷，全身上下卻都流著血。

一開始，我還能穩穩地躲開飛龍的攻擊。可是，現在已經快要躲不掉了。

我反覆奔跑、往高處跳，所以不斷消耗體力。我很想休息，對手卻不允許我休息。身體非常疲勞，而且因為使用魔法來攻擊或抵擋攻擊，我也消耗了相當多的魔力。

「我應該再多鍛鍊一些的。」

事到如今才後悔也沒用。如果自己能活下來，我決定認真鍛鍊。為此，我必須打倒現場的魔物，守護封印才行。

「恐怕不會有人來救我吧。」

我一開始還期待篝大人或優奈會來救我，但想到她們倆都在其他地方戰鬥，或許很困難。可是，其他人都在戰鬥，我可不能放棄。我這條命是優奈救回來的。

「再努力一下吧。」

我從懷裡取出幾支苦無，灌注魔力。然後，我朝眼睛受傷的飛龍的死角奔去。

根據我與師父戰鬥的經驗，從死角攻擊非常有效。

我朝飛龍投擲苦無。飛龍拍動翅膀，擊落幾支苦無，卻沒能全部擋住，被其中幾支苦無刺中身體。不過，飛龍的動作沒有停止。

「你也差不多該倒下了吧。」

我放出風魔法，牽制單眼的飛龍，卻受到來自後方的衝擊。

什麼！

左肩竄起一陣劇痛，讓我馬上理解自己發生了什麼事。

天上的飛龍從後方偷襲我了。

我太專心對付眼前的飛龍，沒有注意到天上的飛龍。就算只是一時，我也忘了其他飛龍，真想痛毆自己的頭。

被飛龍抓住肩膀的我飄了起來。

糟糕了。

我活動身體，飛龍的爪子卻陷進肩膀，讓我無法掙脫。而且身體一動，左肩就會感受到劇痛。多虧身上穿著的鎖子甲，爪子沒有刺到深處，是不幸中的大幸。

飛龍的爪子更加用力。我咬緊牙關忍耐。

「別、別這麼用力抓住女生的脆弱肩膀嘛。女生的肩膀應該要溫柔地抱住才對。你做出這種事，會被女生討厭的喔。」

我不知道這隻飛龍是公是母，但我這麼勸道。

我用右手的短刀砍向抓住肩膀的飛龍腳。

飛龍發出慘叫，同時鬆開抓住肩膀的爪子。我差點掉下去，但我立刻抓住飛龍的腳，伸手劃開毫無防備的下腹部。

飛龍瘋狂掙扎，甩開我的手。

我從高於建築物的地方墜落。

我調整姿勢，在落地的瞬間使用風魔法，緩和墜落的衝擊。

「嗚嗚。」

因為著地的衝擊，被飛龍抓過的左肩感覺到一陣痛楚。

好痛。

腳和腹部被劃傷的飛龍遠離了我。不過，目前好像還不能安心。地上那隻失去單邊翅膀的飛龍發現了我這個獵物，朝我奔來。

真是沒完沒了，至少也讓我休息一下吧。

我站穩沉重的雙腳，舉起短刀。

飛龍伸出長長的脖子，張開嘴巴。

我在千鈞一髮之際躲向旁邊，揮刀砍向飛龍的喉嚨。

雖然成功砍斷飛龍的喉嚨，但我沒能完全躲開飛龍的衝撞，被撞得滾落至地面。

身體好痛。

可是，這麼一來就只剩下單眼的飛龍了。

我試圖站起來繼續作戰，手腳卻都使不上力。

我的腳正在顫抖。我用無力的手敲擊腿部，阻止顫抖。

再動一下子就好。

我再次用腳施力，試圖站起。

雖然勉強站起來了，我的腳卻無法使出更多力氣。這樣別說是跑了，我連走路都沒辦法。

我反覆敲打自己的膝蓋。腳稍微恢復了一點力氣。

應該還能再活動一下。

我用手擦掉額頭流出的汗水。

我看著自己的手，上面是一片血紅。好像是被飛龍撞飛的時候擦傷的。

現在沒有時間治療了。

我再次擦拭額頭的血，仰望在天上盤旋的單眼飛龍。

牠以建築物上空為中心，不斷盤旋。

牠們的目的果然是封印嗎？

牠們能去別的地方就太好了，但恐怕事與願違。

希望牠們至少能一直在天上飛。

我的願望沒有成真，飛龍朝建築物降落下來。

我活動發出哀號的身體，跑了起來。

不能讓牠破壞建築物。

我對短刀灌注魔力，放出風刃，雖然沒什麼威力，卻命中了飛龍。

被風刃打中的飛龍將目標從建築物轉移到我身上。

只有笨蛋會引誘飛龍，讓自己陷入險境吧。

我已經沒有魔力了。我站穩腳步，舉起短刀。

這就是最後一次了。

我直接承受飛龍的衝撞，同時用短刀刺向牠的另一隻眼睛。這樣就刺瞎牠的雙眼了。

掙扎的飛龍胡亂張開嘴巴，試圖咬住我的手臂。

我用短刀凝聚所剩不多的魔力，切開飛龍的嘴巴。

這一擊造成了致命傷。

……打倒了。

可是，從空中降落的飛龍順勢將我撞飛，讓我跌落到地面上。

我仰躺在地。

天空好藍。

我已經動不了了。

可是，我守住了封印。

「我已經可以休息了吧。」

我正要閉上眼睛的時候，兩個黑影經過我的視野。

……是新的飛龍。

真希望這是一場夢。我很想假裝沒看到，就這麼閉上眼睛。

可是，我不能那麼做。

封印在這個時候解除就完蛋了。

因為優奈與穆穆祿德先生的出現，我們終於找到對抗大蛇的手段。我們看見了希望。

為此，我們必須在穆穆祿德先生回來之前守住封印。

其他人也正為了守護封印而戰。所以，我不能就這麼倒下。

我試圖起身。

全身上下都在哀號。

拿著短刀的手也使不上力。

我讓身體翻轉半圈，變成趴著的姿勢，用手使勁撐著身體站起來。

飛龍降落下來。

一隻降落在我面前，另一隻降落在有封印的建築物上。

可是，現在的我光是要站著就筋疲力盡，已經沒有餘力跟飛龍戰鬥。

我只能看著其中一隻破壞建築物、闖進屋內的樣子。

然後，另一隻朝我襲來。

沒能守住封印，我也到此為止了嗎？

雖然這場人生很短暫，但我很快樂。

唯一的遺憾是沒能守住封印。

櫻大人，對不起。

飛龍逼近到眼前。

我為了接受一切，閉上了眼睛。

這個瞬間，一陣響亮的撞擊聲傳進耳裡。同時，我的身體開始搖晃。我已經連站都站不住了。可是，我的身體沒有倒下。有人扶起了我。

「忍，妳沒事吧？」

我睜開眼睛，眼前有一張打扮成可愛熊熊的女生臉龐。

498 熊熊前往各個有封印的建築物

我躲開飛龍從天上發動的攻擊，放出熊熊風魔法。

熊爪般的風刃襲向飛龍，將牠大卸八塊。飛龍倒向地面。

「呼。」

這麼一來，我負責的封印地點的飛龍就全部打倒了。

只有保護建築物內的封印比較麻煩，讓牠們遠離建築物的話，就不是打不贏的魔物。

對付飛龍的時候會有紅嗉鴉試圖闖進建築物，對付紅嗉鴉的時候會有飛龍想要破壞建築物，實在很麻煩。

我有好幾次都心想，要是熊緩與熊急在就好了。

然後，我隨手打倒剩下的紅嗉鴉，聚集在建築物附近的魔物就全部解決了。

我重新望向建築物，發現許多地方都有損壞的痕跡。

「這應該不是我的錯吧？」

雖然有一部分是被我的魔法破壞，但幾乎都是紅嗉鴉和飛龍造成的。

戰鬥難免會有一點犧牲。

既然守住了大蛇的封印，那就沒關係。

確認周圍已經沒有魔物以後，我前往最近的熊緩與熊急那裡。

我用探測技能確認，發現那裡還留有一隻飛龍與幾隻紅喙鴉。數量正在順利地減少。我趕過去之後，應該很快就能全部消滅了。

希望牠們倆都沒有受傷。

我趕到熊緩與熊急守護的建築物時，牠們正好將飛龍逼到絕境。

「咿～」

「咿～」

被熊緩與熊急逼急的飛龍拍動翅膀，試圖逃走。

熊急跳上去發動攻擊，卻來不及趕上逃往空中的飛龍。

當飛龍以為自己成功逃脫的時候，熊緩爬上建築物，順勢撲向飛龍。

被熊急吸引注意力的飛龍沒注意到熊緩正從後方撲過來。

「咿～」

熊緩用銳利的爪子攻擊逃離熊急的飛龍。飛龍沒辦法繼續飛行，被擊落到地面上。

即使如此，飛龍仍試著站起來逃走，熊急卻搶先給了牠最後一擊。飛龍一命嗚呼，倒地不起。

將飛龍擊落的熊緩漂亮地著地。

然後，打倒飛龍的熊緩與熊急磨蹭彼此的身體，就像是在讚美對方。

嗯，看來牠們懂得並肩作戰。我很高興看到牠們倆相處得這麼融洽。

「熊緩、熊急。」

我出聲呼喚，注意到我的熊緩與熊急便朝我跑過來。

「你們兩個都很努力呢。有沒有受傷？」

我摸著熊緩與熊急的頭，這麼問道。

乍看之下，牠們好像沒有受傷。可是，如果是骨折之類的內傷，從外表也看不出來。

不過，熊緩與熊急發出「「咿～」」的叫聲，好像是在說「我們沒事」。

看來牠們真的沒有受傷，太好了。

熊緩與熊急好像很希望我摸摸牠們的頭，於是我回應牠們的要求。

但是，戰鬥還沒有結束。

「還有一些紅喙鴉呢。我也來幫忙，一起打倒牠們吧。」

「「咿～」」

聽到我說的話，熊緩與熊急便爭先恐後地出發去打倒紅喙鴉。

奇怪？牠們剛才不是還並肩作戰嗎？

我也追上熊緩與熊急，幫忙對付紅喙鴉。

然後，我們三個一起打倒剩下的紅喙鴉，熊緩與熊急負責守護的封印就沒有其他魔物了。

考慮到魔物再度出現的可能性，我前往下一個地點之前，請熊緩繼續守著這個地方，再請熊急去看守我負責的地方。

「那麼，事情就交給你們兩個了。可是，千萬不可以勉強喔。」

「「咿～」」

熊急朝我負責的封印地點奔去，熊緩則直接鎮守在建築物屋頂，充滿了幹勁。

我接著前往第二近的封印地點。

我一邊奔跑一邊確認探測技能，發現篝小姐和忍所負責的封印地點都還留有魔物的反應。

距離這裡比較近的是篝小姐負責的地點，所以我先往那裡前進。

如果她沒問題，我打算直接前往忍負責的地點。

我沒花多少時間就抵達篝小姐負責的封印地點了。

「看招，凍結吧，凍結吧。」

篝小姐用手放出風雪般的東西，正在攻擊飛龍。飛龍用翅膀擋在身體前方，防禦了攻擊。

「那麼，這招如何？」

篝小姐對飛龍放出火球般的攻擊。火焰纏繞到飛龍身上，灼燒牠的翅膀。飛龍拍動翅膀，試圖滅火，火焰卻非常頑強，怎麼拍都不會熄滅。

飛龍仍繼續振翅，想將火熄滅，篝小姐卻接連放出火球，不讓牠滅火。

飛龍的堅韌翅膀開始出現裂痕。

原來如此，利用溫差來攻擊啊。

篝小姐先用冰冷的風雪讓飛龍的皮收縮，再用火的熱度使其膨脹。

飛龍耐不住攻擊，大幅張開翅膀，作勢飛走。

「別想逃。」

篝小姐高舉雙手，做出巨大的火球，朝飛龍投擲。飛龍被火焰包圍，發出慘叫後倒地。

好強。

篝小姐的火焰或許有相當於熊熊火焰的威力。

我在一旁看著，篝小姐就發現我了。

「怎麼，妳都看見啦。」

「嗯，我剛到不久。」

「既然如此，幫幫妾身也不為過吧。」

「我覺得我好像沒必要出手。」

「沒那回事。考慮到大蛇的情況，妾身想盡量減少魔力的消耗。」

我也一樣。

戰鬥結束後，我或許該換上白熊服裝，好好休息一下。

不過，現在還沒有消耗那麼多魔力，所以應該沒問題。而且，要是被忍看見白熊的造型，她

應該會笑吧。

「對了，既然妳出現在這裡，就表示妳那邊已經解決了嗎？」

「我和熊緩跟熊急那裡已經解決了。」

「這樣啊，正所謂人不可貌相，妳真的很強呢。櫻說妳是希望之光，或許並非胡言亂語。」

「我姑且確認一下，這裡交給妳沒問題吧？」

天上還有紅喙鴉正在飛。

「沒問題，妳快去忍那裡吧。」

我正要去找忍的時候，想起一件事。

「篝小姐，這個給妳。」

我對篝小姐遞出熊熊電話。

「這隻熊是能跟遠處的人對話的魔導具吧？」

「如果發生什麼事，我會用這個聯絡妳，妳能帶著它嗎？」

「這樣就可以跟穆穆祿德……」

收下熊熊電話的篝小姐盯著熊熊電話不放。

「順帶一提，這個魔導具只能跟我對話喔。」

「是嗎？」

篝小姐一臉失望。

她這麼想跟穆穆祿德先生說話嗎？

我向篝小姐說明熊熊電話的使用方式。

「萬一熊緩和熊急發生什麼事，我會聯絡妳，請妳趕過去幫忙。」

如果我離不開忍那裡，就只能請篝小姐跑一趟了。

「如果妳這裡有什麼狀況，也請妳聯絡我。」

「妾身明白了。感謝妳的提供。妳的熊也交給妾身吧。若發生什麼事，妾身會保護牠們。」

出發去找忍之前，我有一個問題想問。

「篝小姐，妳的尾巴是不是增加了？」

從見到篝小姐的時候起，我就很在意了。光是我看得見的部分就有三條尾巴。

「有所隱瞞的人可不只是妳。順帶一提，這是少女的祕密，妾身不會透露的。」

該不會是尾巴愈多，力量就愈強吧？

最多能增加到九條尾巴嗎？

這讓我想起了大妖怪——九尾狐。

「別說這個了，妳快去忍那裡吧。妾身很擔心她。」

篝小姐說得對。

我把這裡和熊緩與熊急的事交給篝小姐，出發去找忍。

我一邊確認探測技能，一邊奔跑。
飛龍的反應有兩個。
忍的反應沒有移動。
她在等待對手出招嗎？
忍，妳快動啊。
就算我這麼祈求，忍還是沒有動。
我用最快的速度奔馳。
距離並不遠，所以我只花了幾十秒便抵達目的地。
我抵達忍負責的建築物時，渾身是傷的忍正搖搖晃晃地站起來。
她的身體流著血，手上的小刀也有血液滴落。
我確認飛龍，發現有兩隻飛龍正從天而降。
一隻飛向建築物，另一隻朝忍飛了過來。
我無法同時應付兩邊。
開始思考之前，我就採取了行動。
我蹬著地面前進。
然後，我朝飛向忍的飛龍使出熊熊飛踢。
基本上就是飛踢。

飛龍被我一腳踢飛。

「忍，妳沒事吧？」

我扶起差點倒下的忍。

「優奈？」

忍用空洞的眼神望著我。

「幸好趕上了。」

我抱緊忍的肩膀，以免她倒下。

「可是，有飛龍跑去建築物那邊……」

忍緩緩轉頭，望著建築物。

「我知道。」

我有看見另一隻飛龍往建築物前進。

「優奈，妳該不會是覺得我比封印更重要吧？」

「…………」

我不是去對付飛向建築物的飛龍，而是選擇踢飛襲擊忍的飛龍。

因為忍在我眼前，無力地準備承受飛龍的攻擊。

「優奈，妳錯了。比起我的性命，守護封印更重要。」

如果是國王或領導者，比起一個人的性命，或許會選擇可以守護更多性命的封印。

不過，我並不是國王。

「我要保護什麼，是我的自由。」

進入建築物的飛龍在屋裡搗亂。最好馬上去處理，但大概已經太遲了。

而且我踢飛的飛龍正準備站起來。

如果我這時離開忍，她一定會遭受攻擊。

我確實沒有時間思考。

「接下來就交給我吧。」

我用溫柔的聲音這麼說，讓忍放心。

「抱歉……希望妳別顧慮我，盡情戰鬥。」

忍閉上眼睛，脖子頓時垂下。

「忍、忍！」

我呼喚她，她卻沒有反應。

她還有呼吸，好像只是昏過去了。別嚇我啦。我還以為她死了。

可是，忍的狀態很糟糕。特別是左肩的部分，染上了一片血紅。

臉上也有很多傷口。

我很想馬上替她療傷，但被我踢飛的飛龍正看著我低吼。

「我馬上來陪你，可以不要那麼急嗎？」

飛龍當然聽不懂我說的話，於是大幅張開翅膀，對我放出風刃。

我做出土牆抵擋。

「那麼，我去打倒牠們，妳慢慢休息吧。」

我慢慢把失去意識的忍放到地上。

然後，我用熊熊魔法和祕銀小刀秒殺了正在低吼的飛龍。

我沒時間陪你玩了。

499 熊熊聯絡穆穆祿德先生

雖然打倒了襲擊忍的飛龍，另一隻飛龍破壞的建築物卻崩塌了。

這完全是我的責任。

如果我能早點打倒自己負責的魔物。

如果我沒有跟熊緩與熊急閒聊。

如果沒有將熊熊電話交給篝小姐，而是馬上趕到忍身邊，或許就能防止這個情況發生了。

不，如果我一開始就把熊熊電話交給忍和篝小姐，事情就不會變成這個樣子。

我應該多想想再行動才對。這完全是我的錯。

忍賭上性命守護的建築物正在崩塌，有飛龍在屋內搗亂。

也許已經來不及了，但我不能坐視不管。

「妳再等我一下。」

我先對失去意識的忍這麼說，然後朝建築物奔去。我進入幾乎崩塌的建築物。地板已經塌陷，飛龍闖進了地下。

飛龍就像是被吸引一樣，在魔法陣上搗亂。

那個魔法陣是忍賭上性命守護的東西。我不能允許牠破壞。

我跳進地下，使用熊熊魔法和祕銀小刀打倒搗亂的飛龍。飛龍倒地，血流到魔法陣上，滲進地面。

魔法陣發出暗紅色的閃爍，在魔法陣下的眼睛動了起來。那個眼睛睜大的瞬間，地面開始搖晃，天花板塌了下來。

……我沒能守住。

我立刻逃出建築物，抱起躺在附近地面上的忍，往遠處跑。

我遠離封印著大蛇的建築物，把受了傷的忍放到地面上。

右肩的衣服破了洞，有血從中滲出。

我用小刀切開衣服。衣服下面有鎖子甲露了出來。看來就是多虧了這層防護，她才沒有受到致命傷。

我隔著鎖子甲，治療受傷的左肩。傷口停止出血了。這樣應該就不會因為失血過多而死。我也治療了其他流血的地方。

忍沒有什麼外掛能力，只是個普通的女孩子。

可是她卻帶著一身的傷，打倒了飛龍。這個年紀就能打倒飛龍，我覺得是很厲害的事。如果她能繼續變強，將來肯定大有可為。

所謂的天才，肯定就是指像忍這樣的人吧。

最後我用熊熊玩偶手套觸碰受傷的臉，把擦傷治好，再把血擦掉。她的臉變乾淨了。

治好忍之後，發生了劇烈的搖晃。

這是到目前為止最大的搖晃。

大蛇復活或許只是時間的問題了。

我很擔心熊緩、熊急和篝小姐。

我取出熊熊電話，聯絡篝小姐。

『小姑娘，發生什麼事了！剛才的搖晃是怎麼回事？難道大蛇復活了嗎？』

電話接通的同時，篝小姐的聲音向我發問。

「抱歉，我沒有趕上。雖然我有救到忍，封印卻被毀了。我想，大蛇復活只是時間的問題了。」

『妳說什麼？』

地面還在搖。大蛇何時復活都不奇怪。

『忍那傢伙沒事吧！』

「雖然受傷了，但她沒事。」

我已經治好較重的傷。只要別劇烈運動，傷口應該不會裂開。

『這樣啊。』

放心的聲音從電話中傳來。

看來篝小姐也很擔心忍。

『穆穆祿德呢？那傢伙還沒有回來嗎？』

對了，如果來得及強化封印，或許還壓制得住。

「我馬上確認。」

我掛斷篝小姐的電話，打給露依敏持有的熊熊電話。

『優奈小姐？』

「露依敏，妳那邊怎麼樣了？」

『我們已經準備好，正要過去那邊。』

「那你們快點過來！其中一個封印被攻破，大蛇就快要復活了。」

『…………！』

我簡單說明，無聲的震驚便透過熊熊電話傳來。

『優奈大人！大家沒事吧！』

好像在一旁聽著的櫻這麼出聲問道。

「篝小姐、熊緩和熊急都沒事。」

『忍呢？』

「她跟飛龍戰鬥，因為受傷而昏過去了，但沒有大礙。」

『忍受傷了……』

櫻發出擔心的聲音，但聽到我說忍沒有大礙，她好像也放心了。

『小姑娘，目前還只有一個封印被解除吧。』

「嗯。」

『那麼，我會強化其他的封印。我現在就過去那裡，妳幫忙開門吧。』

「我知道了，你們快來。」

我掛斷熊熊電話。

我抱起躺在地上的忍，離開現場。這段期間，地面也一直在搖晃。這次晃得很厲害。地面出現了裂痕。

希望大蛇晚點再復活。

拜託了。

我取出熊熊傳送門，打開通往精靈森林的門。

然後，我再度聯絡篝小姐。

「穆穆祿德先生說他正要趕過來。」

『知道了，妾身也馬上過去。』

我說自己遠離了封印的建築物，朝上空放出光魔法，向篝小姐傳達自己的所在地。

然後，我一開門，騎著馬的穆穆祿德先生、露依敏、櫻就回到這裡了。

「忍！」

櫻注意到躺在地上的忍，朝她跑過來。

「我剛才也說過了，她只是昏過去而已。」

「可是，她流了這麼多血。」

櫻看到染血的破衣服，十分慌張。

「我已經作了急救處理，沒事的。」

「真的嗎？」

櫻握著忍的手，臉上浮現放心的表情。

這個瞬間，地面又產生了劇烈的搖晃。

「地面在搖！」

露依敏失去了平衡。

這個時候，我看見篝小姐晃著尾巴跑過來。

「怎麼，穆穆祿德，你已經回來了啊？」

「我才剛到。」

「所以，強化結界的事情如何了？」

「我已經作好準備。只不過，還有個問題。魔法陣能強化的封印只有三個地方。」

「你說三個地方？」

大蛇的封印包含身體，共有五個地方。

不過，只要能壓制三顆頭就夠了。

「我想想，既然有四顆頭，三個就夠了吧？」

「必須壓制住身體才行。只要有一顆頭復活，其他的頭也會透過身體復活。只有身體的封印是一定要強化的。如果有時間，就能手工強化其他地方的封印了。」

「沒有時間了！最糟的情況是必須同時跟兩顆頭戰鬥吧。」

「沒想到封印會這麼早解除。」

「抱歉。」

全都是我的錯。

我應該能做得更好才對。

「這不是小姑娘的錯。時間本來就很緊迫了。」

「另外還有一個問題。」

「什麼問題？」

「要發動魔法陣，就必須持續灌注魔力。人手不夠。」

現場只有我、篝小姐、穆穆祿德先生等三個人。

如果我們都去處理魔法陣，大蛇復活的時候就什麼都不能做了。

「你竟然準備這種沒用的魔法陣。」

「我就說了，這不過是暫時性的。而且我原本認為只要從這個國家找來幾個魔法師就辦得到了。」

如果再多幾天，不，再多一天的時間，就能請國王召集魔法師了。

可是，現在根本沒有那麼多時間。

我們對話的期間，地面也在持續搖晃。晃動的幅度變得愈來愈大。

大蛇何時復活都不奇怪。

雖然也能用熊熊傳送門帶其他國家的魔法師過來，但還得從頭開始解釋情況，並告知可能有生命危險的事。

我們不能拜託毫不相干的精靈，也不能拜託克里莫尼亞的冒險者。

如果至少有忍在就好了。

我看著守護結界直到最後的忍。

她受了傷，正陷入沉睡。

我們不能再繼續勉強忍了。

「很抱歉，妾身要請穆穆祿德負責其中一個地方。」

「嗯，我正有此意。」

「關於剩下的兩個地方——」

「……其中一個地方由我來。」

原本靜靜聆聽的櫻用認真的眼神看著我們。

500 熊熊在一旁守候

「櫻？」

櫻的發言讓所有人都看著她。

「穆穆祿德大人已經把魔法陣的使用方式告訴我了，所以我知道怎麼使用。靠我的魔力，應該也能發動才對。」

「等一下，我應該說過必須持續灌注魔力才行吧。年紀還小的妳若是勉強灌注魔力，今後或許就再也無法使用魔法了。」

我曾聽諾雅說過，小孩子可以使用簡單的魔導具，但如果施展強大的魔法或是大量消耗魔力，長大之後就會出現後遺症。所以，這個世界並沒有年幼的魔法師。

可是，櫻聽了穆穆祿德先生所說的話之後，緩緩地搖了搖頭。

「如果我失去魔法能力就能拯救國家，那也沒關係。要我在國家與自己的魔法能力之間作選擇，我會毫不猶豫地選擇國家。」

櫻用認真的眼神回答穆穆祿德先生。

可是，穆穆祿德先生無法贊同初次相識的少女作出這個決定。

我、篝小姐和穆穆祿德先生都去強化封印的話，就沒有人能跟復活的大蛇戰鬥了。所以，我能理解櫻為何說出這種話。可是，我也不想讓她去做危險的事。

要從其他地方找來魔法師，最快的方式是拜託精靈村落的居民。可是，說明熊熊傳送門的事時，穆穆祿德先生和露依敏不知道會怎麼樣。最重要的是，那麼做會讓毫不相干的精靈遭遇危險。

我想穆穆祿德先生大概不會允許吧。

而且聽過關於大蛇的說明之後，不知道有沒有人會立刻答應。就算有，其他人或許也會出面阻止。我們沒有時間說服他們，現在穆穆祿德先生也不方便離開。

穆穆祿德先生不知該如何回應的時候，一旁的篝小姐定睛看著櫻，開口說道：

「櫻，妳真的可以嗎？留在這裡可能會令妳喪命。」

「是。既然還有我能做到的事，我就不能逃到安全的地方。我雖然沒有能力與大蛇戰鬥，但至少能延緩大蛇復活的時間。」

「櫻……」

「就算我遇到危險，也請別來救我。我不會扯各位的後腿。我會盡量延長封印的時間。所以，大蛇就拜託各位了。」

櫻低下頭。

看到櫻這副模樣，篝小姐緊咬下唇。

她要去的是大蛇可能復活的地方。不只是大蛇，還有其他魔物可能襲擊她。

可是，篝小姐理解這一切，開口說道：

「妾身知道了，其中一個封印就交給櫻吧。」

「篝大人……」

我們之中最了解櫻的篝小姐作了決定。所以，我們沒有資格再多說什麼。

畢竟我也不知道正確答案。

而且，地面從剛才開始就搖個不停。大蛇何時復活都不奇怪。已經沒有時間了。

「露依敏小姐，我不知道能不能實現那個約定。不過，如果我能活下來，並學會使用魔法，請妳再邀請我吧。」

我不知道她們約定了什麼，但櫻帶著笑容對露依敏說道。

露依敏無言以對。

「露依敏小姐，我很高興能認識妳。」

「小櫻……」

露依敏不知該如何回應櫻。

她看起來就像是想說些什麼，卻不知道該怎麼用語言表達。

「優奈，很抱歉，妾身要拜託妳強化剩下的一個封印。」

「既然這樣，跟大蛇戰鬥的事——」

「妾身可不能把最危險的工作，交給與這個國家毫無關係的妳。光是強化封印便已足夠了。」

的確，我和篝小姐的其中一人必須強化另一個封印。

雖然我不知道篝小姐有多少實力，但我不認為她能戰勝大蛇。如果她贏得了，早在以前就打倒大蛇了。

話雖如此，若要問我能不能打贏，我也不知道。

可是，我持有熊熊裝備，喪命的風險比較低。

「還是由我來……」

跟大蛇戰鬥吧——我正要這麼說的時候，有人打斷了我。

「請等一下。」

露依敏出聲說道。所有人都望向露依敏。露依敏的臉上掛著下定某種決心的表情。

「怎麼？現在沒有時間了。妳快回自己的家吧。這裡要化為戰場了。」

「我、我也要幫忙。現在需要盡量多一點能使用魔力的人手吧。」

「露依敏小姐！」

「妳在說什麼傻話！」

露依敏說的話讓穆穆祿德先生很震驚。

「爺爺，現在沒有時間教優奈小姐使用魔法陣了吧。剛才爺爺教小櫻的時候，我就在旁邊

看，我知道怎麼用。所以，另一個封印就交給我吧。」

「露依敏……」

露依敏不是說要代替櫻，而是要負責處理另一個封印。

現在不夠的是對魔法陣灌注魔力的人。露依敏很清楚這一點。

「露依敏小姐，不行，這樣太危險了。」

「我們兩個人封印兩個地方，優奈小姐和篝小姐就能一起跟大蛇戰鬥了吧。那麼一來，獲勝的可能性就會提高。」

「露依敏小姐……」

「爺爺，拜託你，也讓我幫忙吧！」

穆穆祿德先生注視著露依敏。

「不行，妳快回去。」

我當然也贊同穆穆祿德先生的意見。我們不能讓露依敏做這麼危險的事。畢竟露依敏跟穆穆祿德先生不同，跟這個國家沒有關聯。

「爺爺！雖然我一開始只是想來幫優奈小姐的忙，但我在這裡認識的小櫻遇到了麻煩，我不能一個人逃回安全的地方。」

露依敏抓住穆穆祿德先生的衣服，試圖說服他。

都是因為我讓露依敏遇見了櫻，她們之間產生了連結。

「露依敏……」

「而且爺爺，就算篝小姐和優奈小姐叫你回去，你也不會回去吧？」

「但是……」

地面還在搖晃。

晃動的幅度漸漸變大。

我們快要沒有時間交談了。

「爺爺，拜託，讓我幫忙吧。」

「穆穆祿德，沒有時間爭論了。這或許很殘酷，但你得立刻決定。若要問妾身的意見，她願意留下就幫了大忙。」

地面晃得更厲害了。

這是到目前為止最劇烈的搖晃。

「爺爺！」

穆穆祿德先生十分為難地作了決定。

「露依敏，妳要答應我，如果妳察覺到危險，就要馬上逃走。」

「……爺爺。嗯，我知道了。我覺得有危險就會逃走的。」

的確，這是目前最好的方法。

既然露依敏和櫻已經下定決心，我就會輔助她們。

我在心中呼喚熊緩與熊急，叫牠們來到這裡。

「抱歉，竟然讓你的孫女也陷入了險境。」

「這是露依敏自己決定的事。妳們兩個都有帶道具袋吧。」

「有的。」

「嗯。」

穆穆祿德先生從自己的道具袋裡取出地毯與小袋子，交給兩人。兩人從穆穆祿德先生手中接過這些東西，再收進道具袋。

「我要前往身體的中心。頭就拜託妳們兩個了。」

「我明白了。」

「嗯。」

「我會把門開著，露依敏和櫻如果有什麼萬一就逃來這裡吧。大蛇應該沒辦法進到門裡面。」

大蛇的體型很龐大，應該無法穿越熊熊傳送門。

「我明白了。」

「好的。」

兩人點頭。

正要採取行動的時候，所有人望向昏倒在地上的忍。

讓她繼續躺在這裡會有危險。

「要讓她躺在那扇門裡面嗎？」

「沒關係，我會請信得過的人來照顧她。」

我取出熊熊電話。

過了不久，對方接起電話了。

『優奈姊姊？』

「菲娜，很抱歉，請妳現在馬上到我家來。」

『咦，發生什麼事了嗎？』

「抱歉，我沒有時間說明了。我會讓一個人躺在傳送門前，妳能幫我看著她嗎？她的衣服上有血，但我有先治療過了，不用擔心。」

『優奈姊姊？』

「如果有什麼事，妳再聯絡我吧。」

『優奈姊姊！』

菲娜還想說些什麼，但我沒有時間說明了。

我暫時關上熊熊傳送門，連接到克里莫尼亞的熊熊屋。

然後，我用公主抱的方式抱起忍，讓她躺在傳送門內的熊熊屋。另外，我也確保菲娜能夠進入熊熊屋。

這樣一來，菲娜來到熊熊屋就能照顧忍了。

我關上門，然後再度開啟通往精靈森林的門。

「優奈大人，您剛才是在跟誰說話呢？」

「是一個我最信任的女孩子。妳不用擔心忍的事。」

「我明白了。」

我不想讓櫻擔心忍的事，於是這麼說，讓她安心。

作好準備的時候，地面發生了一陣最劇烈的搖晃。

搖晃始終沒有平息。

剛才就算搖晃也會馬上停止，這次的搖晃卻沒有停止。

晃動的程度漸漸增強。

露依敏與櫻失去了平衡，差點跌倒。

這個時候，熊緩與熊急來到現場，撐住了她們兩個人。

「熊緩！」

「熊急大人！」

兩人抱住熊緩與熊急，以免跌倒。

可是，搖晃仍在持續。

地面不斷搖晃，發出巨大的聲響。地底下好像有什麼東西隆起來了。

我使用探測技能。

大蛇的一個部分完全顯示出來了。

天崩地裂的聲音轟隆隆地響起。

樹木倒下的聲音從遠處傳來。

有東西從地面竄出。

然後，即便是有一段距離的這裡也能看見牠聳立的樣子。

「是大蛇嗎……」

如大廈般高聳的牠正在搖晃。

好大。

「那就是大蛇……」

「好大。」

「真不想見到牠第二次。」

「妾身有同感。」

不論是誰都不會想再見到這種東西吧。

「妳們兩個，現在已經沒有退路了。」

「……是。」

「……嗯。」

櫻與露依敏看著大蛇，這麼答道。

我覺得她們兩個人的手好像正在顫抖。

她們接下來要前往封印著這種大蛇頭的地方，不可能不害怕。

「熊緩、熊急，露依敏和櫻就拜託你們了。萬一遇到什麼危險，你們要帶著她們逃到傳送門裡面。」

「「咿～」」

如果她們遇到危險也不願逃走，熊緩與熊急應該會強制帶走她們。而且如果有魔物靠近，牠們也會保護兩人。

露依敏騎上熊緩，櫻騎上熊急。

「那麼，我要出發了！」

「我也要出發了。」

載著兩人的熊緩與熊急跑了出去。

「好，我也要走了。妳們兩個千萬別勉強。」

「交給妾身吧，妾身會確實削弱牠的力量。」

「就算把牠打倒也沒關係吧？」

「呵呵，那是最乾脆的做法。聽到小姑娘這麼說，好像真的辦得到。」

穆穆祿德先生笑著說道，然後起跑。

「那麼，妾身與妳也該動身了。」

我們也朝復活的大蛇頭奔去。

501 熊熊開始與大蛇戰鬥

我和篝小姐朝開始活動的其中一顆大蛇頭前進。

「妾身與妳的職責是打倒大蛇頭，別讓牠靠近其他封印。攻擊時不要瞄準身體，要瞄準頭部。」

「攻擊身體不行嗎？」

我當然知道頭部是弱點。可是，身體沒辦法離開地面，所以應該可以盡情攻擊。

把牠當成卡在洞裡的一大條蛇就好了。

「不行，因為大蛇的皮膚有經過魔力的硬化。雖然能多少造成傷害，皮膚卻堅硬又厚實。」

「用祕銀武器也行不通嗎？」

「即使能刺穿，也得耗費一番工夫才能刺進厚實皮膚的深處。而且牠也會靠大量的魔力修補傷口。一個不小心，皮膚還會當場癒合，使妳拔不出武器。」

什麼鬼？

那根本是外掛吧。我總是覺得，補血是最卑鄙的外掛。特別是在遊戲中，有同伴會補血是很可靠，但如果是敵人使用這招就糟透了。敵人在瀕死的時候恢復體力，真的會讓人吃不消。沒有

什麼狀況比這更容易讓人累積壓力的了。我覺得敵人不應該恢復體力。

「既然這樣，你們以前是怎麼贏過牠的？」

參考過去的戰鬥不是壞事。

「靠人海戰術。許多人團結起來進攻，即使傷口癒合也繼續攻擊，不斷重複同樣的事。大蛇的魔力也有極限。持續戰鬥就能降低大蛇的復原速度。然後，穆穆祿德等冒險者成功封印了其中一顆頭。他們使用同樣的方法，封印第二、第三、第四顆頭，最後再封印身體，結束了戰鬥。只不過，當時造成了數不清的犧牲者。要不是有穆穆祿德等人，情況不知會如何。」

穆穆祿德先生他們真厲害。

他們還攻略了沙漠的金字塔。雖然他現在看起來不像是那麼厲害的人，但當時或許是很了不起的冒險者吧。

「妾身對穆穆祿德真的有說不完的感謝。」

「可是，既然能把大蛇逼到那個地步，為什麼不打倒牠呢？」

如果他們打倒了大蛇，事情就不會變成現在這樣了。

「畢竟妾身等人當時也到了極限。許多人死去，幾乎沒剩多少人能戰鬥，好不容易才成功封印。」

這表示當時的戰況十分危急。

我不能責怪賭上性命戰鬥的人。只有經歷過那場戰鬥的人才能體會。

「所以，只要攻擊頭部，消耗大蛇的魔力就行了吧。」

「妳說得倒簡單，那可是最危險的地方。被吞下肚就完蛋了，而且大蛇的每一種攻擊都很強。妳要有被擊中一次就會死的心理準備。」

我不打算被擊中，但太依賴熊熊裝備又會掉以輕心，所以我告訴自己不能大意。

「順便問問，那些頭會怎麼攻擊？有四種屬性嗎？」

據說大蛇會吐火、噴水、颳風、投擲石塊。了解當時情況的篝小姐應該也知道哪個地方封印著什麼屬性的頭。

我這麼想，她的回答卻不如預期。

「抱歉，妾身已經不記得幾百年前的事了。」

篝小姐一臉抱歉地說道。

能事先得知情報會比較好，但打打看就知道了。

我們來到大蛇頭附近。

大蛇蜷曲著身體、伸長脖子，動也不動。

這條蛇比我以前打倒的黑蝰蛇還要大。這就是有四顆頭的魔物。而且每顆頭都有不同的屬性。想到這裡，我就覺得黑蝰蛇比牠可愛多了。

「牠沒有在動耶。要等牠開始活動嗎？」

老實說，我覺得先下手為強。

可是，現在穆穆祿德先生他們應該正在準備強化封印。

如果攻擊導致大蛇反抗，使其他封印也解除，穆穆祿德先生他們的努力就會白費。

「這個嘛，牠才剛甦醒，動作似乎也很遲鈍。穆穆祿德等人也需要時間來強化封印。」

我和篝小姐的意見一致。

可是，狀況馬上出現變化，讓我們改變了想法。

「不，看來沒有時間等待了。」

大蛇的黑色身體開始變紅，並燃燒起來。

「是火之大蛇啊！」

大蛇的身體被火焰包圍。

「一旦靠近，就會被牠的熱氣灼傷，妳要小心。」

周圍的樹木開始燃燒。

篝小姐用魔法變出水，往頭上潑。

「小姑娘，妳擅長什麼魔法？如果能使用水魔法，就在身上潑水吧。這麼做多少能抵擋熱氣。雖然可說是杯水車薪，但總比什麼都不做好。」

「大多數魔法我都會用。這套衣服有耐熱效果，所以沒關係。」

熊熊防具有耐熱、耐寒的效果。

「那妾身就放心了。牠要攻過來了。」

大蛇抬起頭，朝篝小姐和我望過來。

那雙眼睛是被封印的時候會動的眼睛。

大蛇朝我們使出頭錘。我和篝小姐開始移動。大蛇頭發出一聲巨響，落在我們剛才所站的地方。

篝小姐放出水球，我則射出冰箭。我們的攻擊都命中了，卻好像沒有造成傷害。

「盡量施放魔法吧！牠怕水，會產生火焰來抵抗水。如此一來，就能消耗牠的魔力。」

篝小姐一邊這麼說，一邊朝大蛇頭放出水，卻在擊中的瞬間全部蒸發了。

不過，正如篝小姐所說，大蛇可能是在抵抗，命中的地方有火焰燒了起來。

我不能讓篝小姐獨自奮鬥，所以也從死角朝大蛇施放水魔法。

從大蛇頭上放出水，火焰便熄滅了一瞬間，卻又馬上恢復原狀。

以前的人曾賭上性命與這種對手戰鬥。

我總算理解他們為何只能封印大蛇。

可是，這次一定要打倒牠。

以前的人辦不到的事，我或許能辦到。

我在大蛇的前方奔跑。大蛇張開嘴巴，作勢噴火。我配合時機，做出一隻火焰熊熊。

既然外面不行，就從裡面進攻。

「去吧！」

火焰熊熊進入火之大蛇的嘴巴。大蛇閉上嘴巴。我以為火焰熊熊會焚燒牠的體內，牠卻立刻張開嘴巴。

這個瞬間，牠的口中產生了火焰，朝我噴過來。

火焰熊熊被吃掉了！

我立刻扭轉身體，躲避火焰。火焰通過我剛才所待的位置。

……躲開了。

我這麼想的瞬間，大蛇頭往旁邊移動。

我被火焰吞噬。

「小姑娘！」

被火焰包圍的我順勢著地。

「好險。」

剛才我還以為自己死定了。

不愧是熊熊裝備。

「小姑娘，妳沒事嗎？」

篝小姐用不可思議的眼神看著我。

「我沒事。」

「妳剛才不是被大蛇的火焰包圍了嗎？」

「這套衣服可以耐得住那個程度的火焰。」

話雖如此，剛才讓我受到不小的驚嚇。

這是我第一次被火焰包圍。

「耐熱效果再怎麼強，這未免也太超乎常理了。」

我也這麼覺得。因為是神給的衣服，這也難怪。

不過，這樣就證實無法從體內打倒大蛇了。

這只能算是我運氣不好。

如果牠不是火之大蛇，或許能從體內破壞。

復活的大蛇偏偏是火之大蛇，還吃掉了火焰熊熊，真是糟透了。

502 櫻強化封印

我在中途與露依敏小姐分別，騎著熊急大人前往有封印的建築物。

將無關的露依敏小姐捲進這場災難，我感到愧疚。

不只是露依敏小姐，還有優奈大人、穆穆祿德大人，以及熊急大人與熊緩大人。與這個國家無關的人們正賭上性命，幫助我們打倒大蛇。

我能向他們回報這份恩情嗎？

為此，我們必須一起活著回去。

我抱著這樣的想法，這時後方響起一陣地鳴。

熊急大人停下腳步，回頭往後望。

體型龐大的大蛇出現在那裡。

那就是大蛇……

好大。

距離明明很遠，我卻能感受到牠的巨大。

過去的人們賭上性命與那麼巨大的魔物戰鬥，並將牠封印。

目前只有優奈大人與篝大人共兩個人前往那個地方，挺身戰鬥。

現在的我們辦得到嗎？

我害怕得不禁顫抖。

「咿～」

熊急大人叫了一聲。

「請別擔心我。」

我雖然害怕，但不想讓熊急大人擔心，所以溫柔地摸著牠的頭說道。

我們有篝大人，以及當時協助封印大蛇的穆穆祿德大人。而且，我在夢中見到的希望之光——優奈大人也在。

事情一定會有轉機的。

可是，要辦到這件事，除了我們之外，也需要國王陛下與國民的力量。

我很想向國王陛下報告現狀，卻沒有手段能聯絡他。我沒辦法使用優奈大人的門，或是與遠處的人對話的魔導具。

有忍在就能向國王陛下報告了，但她為了守護封印，在與魔物的戰鬥中倒下了。

「這裡只有我在。我必須做我現在能做的事。」

「咿～」

我總覺得熊急大人是在對我說「我也在」。

所以我回答：「是的，還有熊急大人在我身邊。」牠便發出高興的叫聲。

「熊急大人，我們加快腳步吧。」

聽到我這麼說，熊急大人動起停下的腳步，重新往前跑。

然後，多虧熊急大人的幫助，我在轉眼之間抵達有封印的建築物。

建築物有一些損傷。

我一看就知道，優奈大人她們有多麼拚命守護這裡。

到處都留有戰鬥的痕跡，以及鳥類魔物的屍體。我第一次見到，這好像是一種叫作紅喙鴉的魔物。不只是紅喙鴉，附近也有飛龍倒在地上。

好龐大。雖然我知道牠們已經死了，卻還是很害怕。

「咕。」

上方有叫聲傳來。我往聲音的來源望去，看見黑色的鳥——紅喙鴉正在天上飛。

我從熊急大人的背上下來，打開門，然後逃進門中。

可是，熊急大人沒有進來。

「熊急大人，請快點進來吧。」

不把門關上的話，紅喙鴉可能會跑進來。

「咿～」

熊急大人叫了一聲，然後遠離門邊。

牠要去哪裡？

我追著熊急大人跑到門外，看見牠奔向紅喙鴉的樣子。

我馬上理解。

熊急大人是要去打倒紅喙鴉。

「熊急大人……」

熊急大人會遵守優奈大人所說的話，保護我和封印。

我也必須做好自己該做的事。

「熊急大人，拜託您了。」

我把魔物的事交給熊急大人，回到建築物中，前往有魔法陣的地下室。

來到地下室，我便看到巨大的魔法陣。它散發著暗紅色的光芒，讓人不太舒服。我以前曾經看過幾次，當時並沒有如此嚇人。

我站到暗紅色魔法陣的前方。這個時候，地上的魔法陣紋路動了起來。

我繃緊神經。

仔細一看，魔法陣中央有個瞪大的眼睛。

大蛇的眼睛……

好可怕。

就是因為如此，篝大人才會禁止我入內，以免嚇到我吧。

如果大蛇在這裡復活，我恐怕會沒命。
我的雙腳正在顫抖。
可是，優奈大人與篝大人都正在與大蛇戰鬥。
我不能因為害怕就臨陣脫逃。是我自願來到這裡的。我走向魔法陣中心。中心鑲嵌著魔石。
我拿出穆穆祿德大人準備的地毯，覆蓋在上面。
在這張地毯的這裡放上這種魔石。
我回想穆穆祿德大人所教的使用方式，進行準備。
這段期間，大蛇的眼睛一直都盯著我看。
好可怕。
可是，現在只有我能守護這個封印了。
我用雙手拍打自己的臉頰，為自己打氣。
為了正在戰鬥的優奈大人與篝大人，我一定要守住這個封印。
我將穆穆祿德大人準備的魔石放到地毯上。
「放在這裡、這裡，還有這裡。」
這樣應該就沒問題了。
魔石排列在地毯上。
「嘶……呼……」

我深呼吸，把手放到地毯的魔法陣上。

拜託，一定要成功。

我開始灌注魔力。

我能感受到魔力正在從體內流向魔法陣。

畫在地毯上的魔法陣與魔石開始發光。

我一點一滴地灌注魔力。

穆穆祿德大人說重點在於持續灌注魔力，就算一口氣灌注許多魔力也沒有意義。只不過，他也說封印快要解除的時候，就必須灌注比較強的魔力。

在封印魔法陣下轉動的眼睛漸漸變得遲鈍，然後緩緩停止動作。

成功了。

看來我順利強化了封印。

大蛇過去殺死了許多人。

如果大蛇完全復活，我們只能絕望。

我在那場夢中見到的情況會化為現實。

我很害怕，不想看見人們死去。

優奈大人、篝大人……

巨大物體多次撞擊地面般的聲音傳來，地面不斷搖晃。大蛇正在作亂。

要是被那麼龐大的身軀壓到，優奈大人和篝大人都會死。

優奈大人、篝大人，請千萬不要死。

現在的我只能祈禱。

503 國王採取行動

昨天，我去見了櫻在夢裡看見的希望之光——一個打扮成熊模樣的少女。

第一次接獲報告的時候，我還一頭霧水，沒想到真的是個打扮成熊模樣的少女。

報告指出她現年十五歲，就跟我女兒差不多大。

光從外表看來，我實在不覺得她強得足以擊敗十兵衛。真虧忍能看出那個打扮成熊模樣的少女就是櫻所說的希望之光。

若沒有接到她與十兵衛戰鬥的報告，我恐怕無法光憑櫻的說法就相信她是希望之光。

為了得知打扮成熊模樣的少女有多少實力，我派了十兵衛與她戰鬥。十兵衛的實力在這個國家之中也是數一數二地強。鮮少有人能夠戰勝他。

我原以為即使十兵衛因對手是小孩子就放水，依然不會輸。

結果，打扮成熊模樣的少女贏了。

不過，這是出乎意料的好事。這麼一來就證實了櫻的說法。那些唱反調的人看見這個結果也只能閉上嘴巴。實際上經過這次的事，已經沒有人會再多嘴。

做出測試那個熊少女般的事，我感到很抱歉。只要有一點閃失，我們就會失去希望之光。

不過，熊少女接受了我的道歉，答應與大蛇戰鬥。

只能將國家的未來託付給那樣的少女，令我非常慚愧。

我接到忍的報告，得知那個熊少女為了與篝見面，今天要三個人一起前往黎聶思島。

據說他們要騎著熊，渡海前往那座島。看來我收到的第一份報告內容並沒有錯。

報告上寫道，有個打扮成熊的女孩子騎著熊，從海上登陸。我一開始還以為她是跟熊一起搭船來到這裡的。

可是，正如字面上所言，她真的是騎著熊從海上走了過來。

熊會在海上奔跑？

難怪我會誤解。就算接到熊在海上跑的報告，也沒有人會相信。不過，這似乎是事實。

我聽說在櫻的要求下，她們今天要騎著熊前往島上。

當時，忍要我別對任何人提起熊能夠渡海的事。

我還能跟誰說呢？

如果我對臣子說有熊從海上跑來，臣子肯定會覺得我的腦袋有問題。聽說熊能在海上奔跑，我自己都難以置信了，別人更不可能相信。

而且，既然打扮成熊模樣的少女希望我保密，我就會遵守承諾。

如果正如櫻所說，打扮成熊模樣的少女是希望之光，我就不會做出使她不悅的事。

即使是小小的希望之光也一樣。只要能拯救國家，不管是多麼微不足道的機會，我都會把握。

不過，既然那些熊真的能在海上奔跑，我還真想看看。

現在，她應該已經在黎聶思島上見到了篝。

篝是長年守護這個國家的守護者。每次國家有難，她總是會出手相助。篝是活了數百年的狐狸，外表從以前到現在都沒有改變。

知道篝這號人物的人有限，因為長生不老與美貌會招來數不清的麻煩。因此，為了防止男人靠近，她對黎聶思島設下了結界。

由於我從小就認識她，將她當作姊姊或母親看待，所以她知道我的各種把柄，相當棘手。我在篝面前經常抬不起頭來。

我擔心的是，像篝這樣的人是否願意相信那個打扮成熊模樣的少女。為了說服她，雖然會有危險，我還是允許了櫻的同行。跟我一樣，篝從櫻一出生就認識了她。如果是櫻所說的話，篝應該聽得進去。

雖然很擔心櫻等人，但我必須繼續處理大蛇的事。

我一邊思考今後的對策，一邊做著手上的工作，便接到了聯絡。

據說幹道上有魔物出沒。

一開始，我不明白這種小事為何要特地呈報到我這裡來，但數量似乎很多。因此，冒險者公會提出了出兵的申請。

我下令派出一支部隊，交代士兵隨時報告現況。

我有不好的預感。

為什麼魔物會在這個時機聚集而來？

接獲關於魔物的報告後，我暫時工作了一陣子，這時有一隻白色的小鳥從開啟的窗戶飛了進來。

白色的小鳥在房間裡繞圈飛行，我一伸出手便停在我的手上。

牠是忍的傳令鳥。小鳥的脖子上裝著一個小筒子。

怎麼？忍應該跟櫻與打扮成熊模樣的少女一起去見篝了。發生什麼事了嗎？一瞬間，我以為是篝對打扮成熊模樣的少女做了什麼失禮的事。

我趕緊從裝在小鳥脖子上的筒子裡取出信紙。紙上用簡短的文章寫著「島嶼遭到魔物襲擊，封印可能解除」。

不對。

情況比我想的更加糟糕。

魔物開始聚集了。我想起剛才接到的報告。

只有一個可能。

原因就在此嗎！

我從座位上站起，命令臣子立刻集合。

這個時候，有傳令兵來訪，表示率先出發去掃蕩魔物的部隊長提出了增派支援的請求。

魔物的數量似乎增加了。

我拿出地圖，對照魔物出沒的報告內容。

魔物果然正在朝黎聶思島附近移動。

其他的島嶼可能也會發生同樣的事。

不，肯定已經發生了。

「離黎聶思島最近的地方是最危險的。」

「請問您的意思是？」

「剛才我從待在黎聶思島的忍那裡接到了聯絡，聽說有魔物聚集到島上了。」

「難不成……」

聽到我說的話，其他人似乎也有了頭緒。

「據說過去大蛇出現的時候，有許多魔物同時出現。這次有魔物聚集而來，很有可能是其預兆。」

我的一番話讓眾人議論紛紛。

「立刻向各島確認。另外也要加速準備出兵。」

我命令士兵防守城市入口，並確保幹道的安全。

幹道上有人正在移動，必須優先防守。

然後我下令不讓民眾離開各城鎮或村莊。

「另外，快派你們為了迎戰大蛇而召集的女性前往黎聶思島。」

如果大蛇已經復活，雖然不知道能派上多少用場，但在男性無法進入的情況下，現在只能依靠這些女性了。

至少也要請她們帶櫻回來。櫻是我已逝的妹妹留下的孩子。

「請問魔法師要如何調度呢？」

「大蛇還沒有復活，現在的首要任務是保護居民不受魔物傷害。讓他們去對付魔物吧。」

可惡，我原以為還有幾天的時間。

我原本打算參考篝對熊姑娘的評價，再考慮今後的事。關於這件事，篝的意見是最重要的。所以，篝的評價會影響我對待熊姑娘的方式。

篝，以妳的眼光來看，熊姑娘是希望之光嗎？還是妳無法從她身上感受到任何資質呢？

就算想這麼問，現在也無法如願。

現在必須打倒聚集而來的魔物。

接著，我將城堡與市街交給其他人，宣布自己將前往港口。

「國王陛下請留在城堡裡吧。」

「關於魔物的事情，交給你們就沒問題了。如果大蛇復活了，現場就會陷入混亂。我豈能不站上第一線呢！」

「但是……」

「我知道，我不會冒險。即使有什麼萬一，我也只會下達指示。你們要盡量節省士兵與魔法師的體力。只不過，居民有危險時不可吝於派兵。關於魔物的事情就交給你全權處理。如果遇到緊急狀況，就傳令到港口吧。」

「我明白了。一切遵照國王陛下的命令。」

向各臣子下達指示以後，我前往港口。

「船一旦準備好就立刻出發。」

港口有人正在準備出海。

過了不久，出海的準備完成了，我立刻搭上船。

雖然看得見島嶼，從這裡卻無法判斷狀況。

完成出海的準備後，我向黎聶思島前進。

船隻漸漸靠近黎聶思島。

「國王陛下！島嶼……」

負責觀察黎聶思島的士兵發出慌張的聲音。聲音中透著說不出的焦慮。

我用手上的望遠鏡往島上看去。

黎聶思島有煙霧升起，還能看到火舌。

另外，有一個巨大的東西正在活動。

那是什麼……？

是長長的脖子。

……大蛇。

大蛇復活了。

那座島上有篝、忍、櫻，以及打扮成熊模樣的少女，共四個人。

這是怎麼回事？櫻她沒事吧？

「繼續往島上前進。」

「但是！」

「我只是要確認。」

我與其他同行的男人無法登島，但至少能靠近碼頭。

隨著船隻接近黎聶思島，我們漸漸能看清島上的情況。

我使用望遠鏡確認。

那就是大蛇，纏繞著火焰的巨大蛇頭。周圍有某種小小的東西正在移動。

那是篝和優奈。

難道她們正在戰鬥嗎？

忍與櫻去哪裡了？

有可能是篝與優奈挺身戰鬥，而忍帶著櫻逃走了。

可是，大蛇復活的島上有安全的地方嗎？

不過，現在只看得到一顆頭。

如果只有一顆頭，或許有辦法應付。

首先要確保櫻的安全。

「傳令，讓召集女性的船隻航向黎聶思島的碼頭。第一要務是確保櫻的安全。將櫻安置完成以後，指示她們立刻與大蛇交戰！」

我的命令立刻傳遞出去，載著女性們船隻卻沒有行動。

到底在做什麼！

再不快點，櫻會死的。

我看見小鳥飛了過來。

傳令兵接過信，確認內容。

「國王陛下！」

「怎麼了？」

「看見大蛇的女性們都感到害怕，似乎不願意登島。」

「事到如今，說這是什麼話！」

我的怒吼讓傳令兵繃緊表情，顯得不知所措。

我知道就算責罵這個傳令兵也只是遷怒。

不過，我承受了那麼多怨言，召集來的人馬卻是這個結果？

櫻說是希望之光、打扮成熊模樣的少女都已經開始戰鬥了。

「傳令！叫魔法師到港口集合。」

只有這個方法了嗎？

最糟的情況下，就算要犧牲魔法師，也得引誘大蛇遠離國家。

504 熊熊與大蛇戰鬥 之一

大蛇的身體燒得一片通紅，將附近的草木燒焦。

「可惡，好熱。」

篝小姐用魔法做出大水球，在自己的頭上潑灑，將全身淋濕。

衣服透出膚色，讓她變得更性感了。這份魅力好像真的是源自於胸部。我看著自己的胸部。再過個幾百年左右，應該就能長到篝小姐的大小了。

「小姑娘，妳穿成那副模樣不熱嗎？」

多虧熊熊裝備「這副模樣」，我並不覺得熱，反而很舒適。

「這是用特製的布料做成的，所以沒問題。」

「是嗎？那就好，但妾身光是看著就覺得熱了。」

話雖如此，我也不能脫掉這身衣服。一脫掉熊熊裝備，我就會在轉眼之間沒命。我是因為有熊熊裝備才能戰鬥的。

「對了，篝小姐，除了用水魔法消耗牠的魔力以外，沒有其他方法能打倒牠嗎？」

我用火屬性熊熊魔法也沒能摧毀牠的體內。

「這個嘛，若能將牠推進海裡，應該能輕易打倒吧。」

既然身體不會移動，就辦不到那種事。

「既然這樣，要讓其他大蛇也復活嗎？」

「呵呵，開玩笑的。要是那麼做，就得在海上與水之大蛇戰鬥，比現在更加辛苦。妾身等人可無法在海上戰鬥。一旦承受水之大蛇的攻擊，船隻就會立刻沉沒。妾身等人到了海上就是弱者。」

與克拉肯戰鬥的時候，我也想過這件事。

一波海浪就會讓船隻搖晃，大浪更會讓船隻沉沒。在海上與魔物戰鬥就是如此危險的一件事。這麼一想，我就覺得國王提議用魔法師引誘大蛇遠離國家的方法是很危險的手段。一旦出海，就必須引誘大蛇，所以無法回到和之國。負責擔任誘餌的魔法師和船員們必死無疑。想到這裡，我就覺得絕對不能讓他們使用那種方法了。

「既然如此，我們就只能努力在這裡打倒牠了。」

「沒錯，在這裡打倒就沒問題了。」

我和篝小姐露出笑容。

「那麼，準備上吧。」

沒有方法能有效打倒火之大蛇。我們只能用普通的方式戰鬥。

我和篝小姐邁步奔跑。

我高高跳起，靠近大蛇頭，然後朝熊熊燃燒的頭部放出水球。

水球在擊中火之大蛇頭的瞬間蒸發。

感覺就像在燒熱的平底鍋上滴水。

篝小姐也用雙手放出激流般的水，看起來卻不像是有造成傷害。

火的弱點不是水嗎？

我試著放出熊熊風刃，卻讓大蛇的火焰燃燒得更加猛烈了。

這次我做出巨大的岩石，朝牠投擲。岩石雖然擊中頭部，卻又被彈飛。

嗯～物理攻擊無效嗎？

我放出冰塊，卻跟岩石同樣被彈飛了。

「大蛇的皮膚經過魔力的硬化。頭部也是一樣的。妳要瞄準眼睛或嘴巴等地方！」

篝小姐這麼說，然後攻擊眼睛和嘴巴。不過，大蛇並不像銅像那樣一動也不動。頭部會移動，也會發動攻擊。而且牠有幾十公尺高，我們必須跳起來對付牠。

大蛇還會在用頭部撞擊地面的時候發動攻擊，或是在地上爬行。牠用龐大的身體做出這種動作，就連周遭的樹木都會如波浪般襲來，所以無法隨意接近牠。

如果這裡是空無一物的平地，或許有更輕鬆的戰鬥方式，這裡卻長著茂密的樹木。黎聶思島上並沒有空曠的大片平地。所以，我們只能接受現狀，在這裡戰鬥。

我做出大小相當於熊緩與熊急的熊熊水球，看準時機放出。

熊熊水球命中火之大蛇的臉便開始沸騰，無法維持熊的形狀，最後破裂並噴散。火之大蛇掙扎似的搖搖頭，命中之處的火勢也減弱了。

雖然好像有對牠造成傷害，但遠遠不及致命傷。

除此之外，或許能造成傷害的攻擊只剩電擊魔法了。

我用魔力做出電擊熊熊，發出劈哩啪啦的聲音。我用風纏繞電擊熊熊，發射出去。電擊熊熊命中火之大蛇的身體。

大蛇的一部分皮膚剝落了。

這招有效。

可是，受傷的地方有火焰燃起，然後立刻復原。

等等，恢復得太快了吧。

就連電擊魔法也無法造成致命傷。

牠到底有多硬啊？不，或許是牠的魔力抗性太高了。

遊戲裡也有不怕魔法的對手。可是，這次就連物理攻擊也無法造成傷害。

這樣豈不是束手無策嗎？

「雷魔法嗎？妳用的魔法還真稀奇啊。」

篝小姐好像只看一次就理解我用的是什麼魔法了。

到目前為止，我都沒有見過其他會用電擊魔法的魔法師，篝小姐卻好像知道電擊魔法。

「順便問問，篝小姐妳沒有什麼密技嗎？」

她可是活了數百年的大狐狸，就算有一兩招必殺技也不奇怪。例如尾巴會增加之類的。現在我能看見三條尾巴。

「……有是有，但現在無法使用。一旦用了，妾身就會失去行動能力。」

原來是那類型的必殺技啊。

我如果耗盡魔力，也會累得動不了。

我想起打倒克拉肯時發生的事。

況且，大蛇頭共有四顆。如果為了打倒一顆頭而用盡力量，其他三顆頭就會留下。

如果我能保證自己可以獨自打倒三顆頭就好了，但光是這顆火之大蛇頭就相當棘手。

好了，該怎麼辦才好呢？

把火扔進海裡是最簡單的方法，但我沒辦法只把火之大蛇頭扔進海裡。而且，我不認為牠會自己移動。

而且也無法從體內破壞。傷口還會復原。牠真是最難纏的對手。

就算如此，我也不能逃走。

首先得想辦法處理纏繞在牠身上的麻煩火焰。

「篝小姐，我要用大招了，妳離我遠一點。」

「妾身知道了。」

篝小姐不問理由便往後退。

我很高興她願意相信我，聽從我的建議。這表示她很信任我。

我用熊熊玩偶手套凝聚魔力，同時朝火之大蛇奔去。

「小姑娘！」

熱風向我襲來，但對穿著熊熊裝備的我無效。

我伸出凝聚了魔力的熊熊玩偶手套，放出大量的水。水化為水流，以往上纏繞的方式將火之大蛇捲起。

然後，水流開始旋轉。

水龍捲之術。

水正在旋轉，如龍捲風般，朝頭部捲起大蛇那副熊熊燃燒的軀體。

神聖樹那個時候，我使用過強大的龍捲風，當時消耗了相當多的魔力。所以可以的話，我並不想使用這一招，但現在已經顧不了那麼多了。

水龍捲纏繞大蛇，熄滅了大蛇身上的火焰。

很好，成功滅火了。

「小姑娘！做得好！」

我身後的篝小姐追過我，往火之大蛇奔去。然後，正當她要發動攻擊的時候，火之大蛇的身體開始燃燒。

「呃……」

我費了那麼大的工夫才滅火，卻一下子就復原了？

大蛇身上的火焰只消失了一瞬間，馬上就重新燃燒起來了。大蛇抬起頭，用極大的動作往旁邊橫掃。

這不是普通的橫掃。感覺就像是有一根熊熊燃燒的巨木正在朝自己逼近。就算往旁邊逃，也逃不了多久。我和篝小姐往上跳起。

「這樣會燒到妾身的尾巴的。」

篝小姐在閃避的同時放水，但只是杯水車薪。

「看來牠累積的魔力比想像中更多呢。」

「所以那些火焰是魔力嗎？」

「妾身一開始不就說了嗎？那傢伙的身體被魔力覆蓋著。」

聽說就是因為這樣，牠的皮膚才這麼堅硬。

「魔力會覆蓋大蛇的身體，將皮膚硬化，並且燃起火焰。」

「這麼說來，其他的大蛇頭也一樣嗎？」

「沒錯。」

這或許比我想的還要棘手。

大蛇憤怒地抬起頭，開口朝四面八方吐出火球。我們躲開了，周圍的樹木卻開始燃燒。

「糟糕了，那個方向是！」

篝小姐大叫。

大蛇放出的其中一顆火球朝封印著大蛇的建築物飛去。

火球擊中建築物，使建築物燒了起來。

那是旁邊的建築物，應該沒有露依敏或櫻在。

如果有她們兩個人在，那就危險了。

「小姑娘！大蛇就交給妳了。妾身要前往那棟建築物。」

篝小姐朝建築物奔去。

就算她說要交給我，我也不知道該怎麼辦啊。

為了讓大蛇閉嘴，我再次使用水龍捲之術。

水龍捲襲向火之大蛇，再度熄滅大蛇身上的火焰，攻擊也停止了。

火之大蛇用脖子摩擦地面，消除水龍捲，一發出低吼，身體便重新開始燃燒。

真是夠了，牠也太強了吧。這種魔物到底要怎麼對付啊？

我沒想到不能從體內破壞。覺得所有的大型魔物都能用熊熊火焰燃燒體內來打倒，是我太天真了。

如果復活的不是火之大蛇，至少有可能靠著破壞體內的方式來打倒。

大蛇氣得發狂，低吼並吐出火焰。

火焰朝我逼近。我用風魔法抵擋逼近的火焰。可是，我的周圍被火焰圍繞。

我變出水，消除周遭的火焰。

再這樣下去，情況只會愈來愈糟。

如果進入魔力的消耗戰，魔力較少的一方就會輸。

我正在思考對策的時候，地面開始搖晃。

這陣搖晃是怎麼回事？

不是火之大蛇活動造成的搖晃。

該不會是另一顆大蛇頭復活了吧？

再這樣下去，我們就得同時對付兩顆大蛇頭了。

時間根本不夠！

再過多久會復活？

怎麼辦？

要怎麼做才能打倒火之大蛇？

火之大蛇很頑強，無法從體內破壞。就算用岩石擊中也不會造成傷害。風屬性攻擊無效。水魔法頂多只能讓牠感到不悅。

果然還是只能靠電擊魔法嗎？

我持續思考。

這段期間，地面仍在搖晃。

火之大蛇吐出火焰。我一邊閃躲，一邊思考。

要攻擊什麼地方才能打倒牠？

心臟？魔石？在哪裡？軀幹嗎？

我正在思考的時候，地震變得更強，使地面裂開，第二顆頭於是緩緩從地面竄出。

……第二顆頭。

「對不起，妾身沒能阻止復活。」

篝小姐一臉抱歉地回來了。

這不是篝小姐的錯。

在大蛇的火焰擊中建築物的時候，牠就注定復活了。我們當時就應該防止那波火焰的攻擊。

牠才剛復活，希望牠能暫時安分一點。

我這麼想的時候，周圍起風了。

什麼？

我很快就知道理由了。

因為新的大蛇身上纏繞著風。

「接著是風之大蛇嗎？這可說是最糟的組合。如果是水之大蛇，因為與火焰相剋，至少還有利於戰鬥。」

505 熊熊與大蛇戰鬥 之二

火之大蛇與風之大蛇各自引起烈火與強風。因為風勢的助長，火焰燃燒得更加猛烈了。

在風的影響之下，纏繞在火之大蛇身上的火焰變得更強。

有些屬性會減弱彼此的力量，有些屬性則會增強彼此的力量。如果連水、岩之大蛇都復活了，不知道情況會如何。

光是想像，我就覺得恐怖。

「情況變得相當棘手呢。」

「如果能破壞魔石就好了。」

牠的體內某處應該會有魔石。

「若辦得到，妾身等人也不必那麼辛苦了。」

只不過，牠同時具備這麼多屬性，讓我覺得很不可思議。

火屬性會有火魔石，風屬性會有風魔石，無屬性就會有無屬性的魔石。

牠或許是轉換了無屬性魔石的魔力。如果能破壞那個魔石，牠就會失去魔力的來源，再也無法恢復。

而且最重要的是，只要能破壞火魔石，就能消除纏繞在牠身上的火焰。

相反地，如果讓身體復活，就得同時跟四顆頭戰鬥。

而且如果讓牠逃到海裡，我們就束手無策了。有好處的同時，壞處也很多。

「要不要乾脆讓大蛇復活，攻擊牠的身體，破壞掉魔石？」

我忍不住這麼想。

雖然我不知道大蛇的身體有多麼頑強，但比起不斷攻擊會再生的頭，攻擊有魔石的身體還比較不會浪費魔力。

可是，聽到我說的話，篝小姐回覆了出乎意料的答案。

「魔石不在身體，而是在每一顆頭上。」

「頭部裡面有魔石嗎？妳怎麼知道魔石位在頭部？」

「這是妾身以前在戰鬥中得出的結論。根據魔力的流向與屬性的魔力，當時的妾身與穆穆祿德判斷每一顆頭中都有屬性魔石。」

這完全是我的誤會與無知。

由於野狼、虎狼與毒蠍等魔物的魔石都在身體的中心，所以我一直以為魔石都會位在身體的中心。

肢解黑蝰蛇的時候，我不在場，所以不知道魔石位在什麼地方。

「這麼說來，魔石總共有四個嗎？」

如果有四個大型魔石，光是如此就很強了。要是魔石的大小相當於克拉肯，就像是總共有四隻克拉肯一樣。既然如此，也難怪牠會有這麼強的再生能力。

我想起克拉肯即使被砍斷了腳也會長出新腳的事。

「不，大蛇的本體部分也有魔石，所以總共是五個。」

「……五個。」

「穆穆祿德的封印就是藉著抑制體內的魔石之力來達成封印的目的。所以，當時的妾身等人才會將封印分為五個地方。」

就是因為如此，他們才會連身體也封印，而不只是頭部吧。

「位於本體部分的魔石也會供應魔力給每一顆頭。所以，唯獨本體部分的封印是絕對不能解除的。若有本體供應魔力，要打倒牠就會變得更加困難。」

所以，籌小姐才不能解除阻擋男性的結界吧。如果大蛇變得比現在更強，我們就真的沒有方法能對付牠了。

可是，既然頭部有魔石，那就另當別論了。

「這麼說來，只要能破壞頭部裡面的魔石……」

「現在，穆穆祿德正在壓制身體，牠應該無法得到其他部位供給的魔力。所以，若能破壞頭部的魔石，牠應該就不會再活動了。」

哦哦，總算看見希望了。

「妳在笑什麼？」

我好像不小心笑了出來。

「因為只要破壞大蛇頭之中的魔石，就能打倒牠了吧？」

「妳說得倒簡單，但纏繞著火焰的頭部根本無法靠近。貿然接近可是會被燒死的。風之大蛇也一樣。靠近牠可不是受點傷就能了事的，身體會被千刀萬剮。而且妳也看見了牠的再生速度吧。即使多少能造成傷害，傷口也會立刻復原。」

「還是有辦法的。」

見過牠的幾次攻擊之後，我了解了幾件事。或許可以說是弱點，只要攻擊那裡就能獲勝。問題在於是否能對風之大蛇使用同樣的方法。不過，我應該能打倒火之大蛇。

「那麼，我們來消滅大蛇吧。」

我挺直腰桿，伸展四肢，放鬆僵硬的身體。

「妳為了其他國家如此拚命，真是個大蠢蛋。就算妳逃走，也不會有人責怪妳的。」

「嗯～話是這麼說沒錯，但我認識了這裡的人啊。而且我已經知道忍的心情、櫻的心情，還有篝小姐妳的心情。所以，我不能自己一個人逃走。」

而且因為我來到這裡，才牽連到穆穆祿德先生，甚至讓露依敏遭遇危險。

要不是因為我來到和之國，穆穆祿德先生也不會知道這件事了。

不過，如果我沒有來，也不會有打倒大蛇的希望。我們現在已經是命運共同體了。我也要請

穆穆祿德先生多多幫忙。露依敏是自己主動留下來的，所以我很想請她自行負責，但這也是我的錯。我用熊熊電話聯絡露依敏，讓她認識了櫻。因為這件事，她們兩個人之間有了連結。

「而且我有門，隨時都能逃走。」

「那倒是。既然如此，若有什麼萬一，妾身也跟妳一起逃走好了。」

雖然篝小姐嘴巴上這麼說，但我覺得她直到最後都不會逃走。

如果她想逃，早就逃走了。

「那麼小姑娘，妳打算怎麼打倒牠？妳有什麼想法吧？」

「我有想嘗試的事。我會破壞火之大蛇頭，如果篝小姐妳可以幫忙引開風之大蛇，那就幫了我大忙。」

「知道了，妾身就接下這份任務吧。」

我還沒有說明，篝小姐就接下了任務。

然後，篝小姐對我伸出拳頭。

「喏，妳也伸出拳頭吧。約定時就該這麼做。」

還有這種規矩啊。

我也用拳頭（熊熊玩偶手套）觸碰篝小姐伸出的拳頭。

「好害臊喔。」

「妾身也是，到底是誰想到這種動作的？」

我們朝各自負責的大蛇奔去。我朝熊熊然繞的火焰中奔跑，篝小姐朝襲捲四周的強風中奔跑。

沒有熊熊裝備的話，這樣肯定很熱，我卻覺得很舒適。

可是，草木被焚燒的模樣實在令人不舒服。將木材用於生活是無所謂，光為破壞而焚燒木材就不好了。

我以順時針方向環繞著火之大蛇，等待時機。

我往篝小姐的方向望去，看見她用攻擊來吸引風之大蛇的注意力，使其遠離火之大蛇。

可是，過度偏向那個方向的話，就會波及露依敏和櫻所在的建築物。

看來我沒什麼時間能花在火之大蛇身上了。

我一邊奔跑，一邊放出水屬性的熊熊魔法，吸引火之大蛇的注意力。

把臉轉到我這裡。

我用熊熊水魔法擊中火之大蛇的臉。大蛇做出排斥的動作，發現了我。

火之大蛇朝我轉過頭來。

我看準時機，朝火之大蛇的臉部正面跳起來。

「小姑娘！」

正在跟風之大蛇戰鬥的篝小姐叫道。

她還有餘力看我這邊嗎？我這麼想著，同時接近火之大蛇的臉部。

要是沒有熊熊服裝，接近到這個程度就會燙傷了。不，說不定會被燒死。

火之大蛇張大嘴巴，開始凝聚魔力。這股魔力正要變化成熊熊燃燒的火焰。不過，我不會讓牠得逞的。

我伸出手臂，瞄準張大的嘴巴，變出熊熊岩石。既然有地方會產生火焰，堵住那個地方就好了。

要先凝聚魔力才能使用魔法。

從手施放就是凝聚在手上，從腳施放就是凝聚在腳上。

大蛇會從全身放出魔力，引燃火焰。另外，還有一個地方會凝聚魔力。那就是吐火時的口中。

我朝大蛇的口中投擲熊熊岩石。

魔物會在體內的某處製造火焰，然後吐出。遊戲中的魔物會用火袋、水袋、雷袋之類的器官來製造這些能量，然後吐出。

不過，這隻大蛇並不是在體內製造火焰，而是將魔力轉化為火焰。吐火的時候，牠會將魔力凝聚在口中，然後放出火焰。所以，只要堵住嘴巴，大蛇就無法在口中製造火焰了。

火之大蛇想閉上嘴巴，卻遭到熊熊岩石的妨礙。

火之大蛇左右搖頭，試圖擺脫嘴裡的岩石。我抓著熊熊岩石，以免被甩下來。大蛇甚至用自己的頭撞擊地面，想要撞碎嘴裡的熊熊岩石。在大蛇的頭部撞到地面之前，我就放開了牠。

大蛇痛苦地用頭部撞擊地面好幾次，熊熊岩石卻沒有鬆脫，也敲不碎。

牠把嘴巴張得更大，試圖吞下去，卻沒辦法把直立的熊熊岩石吞下去。牠試圖咬碎熊熊岩石，但也辦不到。

我為了給牠最後一擊，衝進猛烈燃燒的大蛇頭之中。

對付克拉肯的時候，我用海底的土做出了熊熊石像，所以從遠處也能製造。可是，我無法在魔力傳遞不到的地方製造物體。而且，或許是因為大蛇的魔力，我的魔力會受到阻礙。我得靠近才行。

我觸碰火之大蛇口中的熊熊岩石，灌注魔力。

熊熊岩石開始變大，使原本看似已經張開到最大的嘴巴又繼續擴大。

大蛇開始痛苦地搖頭。我緊抓住熊熊岩石，以免摔下去。

火之大蛇的身體噴出火焰，試圖將我燒死，但熊熊裝備保護了我。我對熊熊岩石灌注魔力，將它變大。呻吟般的聲音從熊熊岩石的縫隙間傳出。

可是，我沒有停手。

大蛇嘴巴的一部分開始裂開。熊熊岩石仍在持續變大，最後摧毀了大蛇的顎。

嗚嗚，情況比我想的還要血腥。

顎被撕裂的大蛇發出巨大的聲響，倒向地面。這個時候，熊熊岩石也掉落下來。

我正想恭喜牠擺脫熊熊岩石的時候，大蛇的顎卻被火焰包圍，開始再生。

等等，都做到這個地步了，還能再生嗎？

可是，我不會讓牠再生。

我用熊熊水球滅火，再生就停止了。可見牠果然是靠火焰的魔力療傷的。只要澆熄傷口的火焰，牠就不會再生了。

不過，大蛇又馬上製造火焰，試圖再生。

「別想得逞。」

我在手中凝聚魔力。電流集中在我的手上，化為熊的形狀。我用風纏繞著電擊熊熊，朝頭部發射。

大蛇頭被完全破壞，一個很大的紅色物體飛了出來。

火之大蛇的動作同時變得遲鈍，然後脖子倒向地面，從此一動也不動。

火之大蛇沒有再生。

我上前確認剛才從大蛇頭裡飛出來的紅色物體。地面上掉著一個紅色的魔石。

失去了魔石這個魔力來源，大蛇就無法再生了。或許是因為有穆穆祿德先生壓抑著身體，阻斷了來自其他部位的魔力供給。

總而言之，我打倒了火之大蛇。

這是第一隻。

為了防止牠又再生，我把火之大蛇的火魔石收進了熊熊箱。

因為我總覺得不回收的話，飛散的肉塊就會聚集到這顆魔石上，讓牠再次復活。

是我看太多動畫和漫畫了嗎？

不過，這樣總比因為沒回收而後悔好。

506 熊熊得知篝小姐的祕密

「小姑娘！」

原本正在對付風之大蛇的篝小姐趁隙離開，奔向我身邊。

「妳衝進大火之中，沒有受傷嗎！有沒有燙傷？」

篝小姐觸碰我的身體和臉，確認我有沒有受傷。

「這套衣服是用特別的布料製成的，耐得住那個程度的火焰，所以我沒事。」

「妳說那個程度？這到底是什麼布料呀。妳衝進大蛇的火焰中時，妾身還以為妳開始自暴自棄了。」

看來我讓她擔心了。

「不過，妳真的打倒牠了嗎？」

「如妳所見。」

篝小姐望向全毀的火之大蛇頭，以及掉落在地上的熊熊岩石。

「真是難以置信。別說是削弱了，妳竟能打倒牠。」

可是，問題在於風之大蛇。

不只是頭部附近，連牠的全身都纏繞著風。

如果靠近牠，就算熊熊裝備可能不會被劃破，應該也會被彈飛吧？

「不過，沒想到妳真的能打倒火之大蛇。這麼一來就剩下三顆頭了。妾身想確認一下，妳有方法能打倒風之大蛇嗎？」

篝小姐望向風之大蛇。

可能是追丟了篝小姐，或是因為火之大蛇被打倒，風之大蛇停止了動作。

只不過，牠的身上還是纏繞著一陣陣的風。因為那些風的關係，被火之大蛇點燃的草木燒得更加旺盛了。

我很擔心火焰有沒有延燒到露依敏與櫻所在的建築物，但如果有什麼萬一，熊緩與熊急應該會帶她們逃走。

「剛才的方法要靠近才能辦到，而大蛇身上纏繞著風，我應該沒辦法打倒牠。」

熊熊裝備只是防禦力很高，並不是不會受到攻擊。它只會防止我的身體承受衝擊，但無法抵銷其力道。如果熊熊裝備受到衝擊，我就會被彈飛。

「如果有方法能阻止風就好了……」

從篝小姐與牠戰鬥的樣子看來，半吊子的攻擊只會被牠身上的風彈開。

火焰熊熊、電擊熊熊或許能造成傷害，但如果牠吸收了熊熊魔法的火焰或電擊，變成火龍捲或電龍捲，那就糟透了。

考量到再生能力的事，我能打倒牠的可能性很低。

如果要確實打倒牠，就必須從內側進攻。

「這樣啊。那麼，岩之大蛇與水之大蛇呢？」

岩之大蛇只給人堅硬的印象。應該可以用跟火之大蛇相同的方法來打倒牠，也能從體內破壞。水之大蛇好像會怕電擊，大概也能用火焰熊熊使其沸騰來打倒牠。不同於風之大蛇，我有方法能打倒另外兩種。

「……另外兩種應該沒問題。」

「呵呵，聽到妳說能打倒大蛇，妾身就只想笑呢。」

「我不是在開玩笑耶。」

我看著正在發笑的篝小姐說道。

「看妳跟火之大蛇戰鬥的方式，妾身就明白了。妳會這麼說，就表示妳真的能打倒大蛇吧。而且，既然妳說妳沒有方法能打倒風之大蛇，那就由妾身來打倒風之大蛇。所以，剩下的大蛇可以交給妳嗎？跟風之大蛇交戰後，妾身恐怕就無法再戰鬥了。」

意思是她要使出自己一開始說過的必殺技嗎？

我想看看。

大魔法？還是變身術？如果是變身成狐狸就好了。

她也許會變成不同於熊緩與熊急的毛茸茸模樣。

「一旦使用這股力量，妾身就再也無法發揮戰力。就連當個誘餌都辦不到。妳就當作妾身不存在吧。」

「妳說不存在，該不會是會死的意思吧？」

如果她會死，我就不能讓她使用那一招。

現在只是沒有方法能打倒，或許還有其他可能性。

我不喜歡自我犧牲的故事。我當然會為此感動，有時也會哭泣。只不過，我不希望這樣的角色死去。就算是沒有救贖的故事也一樣。我喜歡快樂結局。

「呵呵，別擔心，妾身不會死的。只不過，妾身會變得很脆弱，或許會在大蛇的作亂之下死去。」

「妳真的不會死吧？」

「妾身保證，絕對不會。」

篝小姐看著我的眼睛，斷然說道。

「只要妳能打倒其他的大蛇頭，妾身就不會死。」

「既然這樣，如果篝小姐妳可以打倒風之大蛇，剩下的大蛇頭就由我來打倒吧。」

「這樣啊，那麼，妾身要將一切賭在妳身上。如果妳沒能打倒大蛇，妾身也會隨妳上路，放心吧。」

這番話的意思不就是我會死嗎？

如果打不贏，我會逃走喔。

無關於我的想法，篝小姐開始在體內凝聚力量。

「妳稍微離遠一點，別靠近妾身。」

篝小姐的臀部附近開始膨脹，有某種東西正在扭動，衣服下方便出現了新的尾巴。

哦哦，尾巴增加就會變強嗎？

尾巴增加的數量可不只一兩條。

「小姑娘，可以的話，希望妳即使看見這副模樣也不要害怕妾身。」

篝小姐寬衣解帶，把衣服扔給我。

篝小姐的身體發出金色的光輝，逐漸變化。

她的臉開始變尖，雙手與雙腳都變成動物的足部，身體則被金色的毛皮包裹。

「……是狐狸。」

九尾狐。

我忍不住這麼想。

有九條尾巴的金色狐狸。美麗的軀體。

篝小姐的身體化為一隻巨大的狐狸。

大小相當於熊緩或熊急。

她的必殺技是變身成狐狸。

篝小姐變成大狐狸之後，躍向空中。

風之大蛇一看到大狐狸（篝小姐），立刻颳起風。大狐狸（篝小姐）在空中轉換方向，躲開了攻擊。

「……她在飛。」

我很驚訝她能變身成大狐狸，也很驚訝她能在天上飛。

原來她會飛啊。

大狐狸（篝小姐）在大蛇周圍飛翔，一邊閃躲攻擊，一邊觀望情況。

大狐狸（篝小姐）從口中吐出火球。火球擊中大蛇的風便被彈飛。

大蛇身上的風果然很棘手。

大狐狸（篝小姐）繼續在大蛇的周圍飛翔，觀望情況。

如果我也能在天上飛，戰鬥起來就更輕鬆了。只不過，穿著熊熊布偶裝飛翔的樣子實在很詭異。

大狐狸（篝小姐）吐著火球，漸漸接近大蛇。

大蛇張開血盆大口，試圖伸長脖子啃咬大狐狸（篝小姐），大狐狸（篝小姐）卻躲開了。然後，她看準機會咬住風之大蛇的頭。

大蛇搖搖頭，想把她甩開。不過，化身大狐狸的篝小姐就是不鬆口。

她咬得更加用力。

纏繞在風之大蛇身上的風劃傷了大狐狸（篝小姐）。大狐狸（篝小姐）的身體噴出鮮血。可是，大狐狸（篝小姐）伸出爪子，就是不放開大蛇。

不行。

再這樣下去會有危險。

大狐狸（篝小姐）的身體開始發光。

魔力？

大狐狸（篝小姐）的身體有風在纏繞。

她用風包裹自己，抵擋大蛇的風。

我沒想到她會這麼做。

一般而言，確實辦得到。可是，要辦到這件事，就得使出相等甚至於勝過對手的風。面對大蛇，這並不是簡單的事。就像是要證明這一點，大蛇的風變得更強了。大狐狸（篝小姐）配合牠的攻勢，強化了纏繞在自己身上的風。

大蛇的風再度變得更強。周圍彷彿產生一陣龍捲風。

這樣根本無法靠近。大狐狸（篝小姐）或許也知道一旦放開就無法再咬住對手，所以就是不放開大蛇頭。

大蛇頭反覆撞擊地面。

即使如此，大狐狸（篝小姐）仍然沒有鬆口。

再這樣下去會有危險。

「篝小姐！」

我知道她聽不見，但還是這麼叫道。

可是，大狐狸（篝小姐）的眼睛好像朝我望了過來。

這個瞬間，纏繞在大狐狸（篝小姐）身上的風變得更強，劃傷了大蛇頭。大蛇開始感到痛苦。

大狐狸（篝小姐）咬住大蛇的嘴巴露出牙齦。

她要發動攻擊了。

大狐狸（篝小姐）加強啃咬的力道，咬傷了大蛇頭。

大蛇的風勢開始減弱。

認為有機可乘的大狐狸（篝小姐）不斷地啃咬著大蛇。而風之大蛇用風纏繞被咬傷的地方，試圖再生，大狐狸（篝小姐）卻用自己的風抵銷了大蛇的風。

如果纏繞的風會恢復大蛇的魔力，別讓牠放出風就行了。

就算知道這一點，也沒辦法輕易辦到。

大狐狸（篝小姐）使盡最後的力氣咬住大蛇，嘴邊漏出火焰。她用風纏繞身體，同時在嘴裡製造火焰。

然後，她將火焰吐向大蛇頭之中。

風之大蛇開始掙扎，不斷搖頭，試圖甩開大狐狸（篝小姐）。

可是，大狐狸（篝小姐）緊緊咬住大蛇，就是不鬆口。她繼續吐出火焰。

「吼嗚嗚嗚嗚！」

都做到這個地步了，還是打不贏嗎？

可是，大蛇很痛苦，反覆地猛烈搖頭，想把大狐狸（篝小姐）甩開。不過，大狐狸（篝小姐）就是不鬆口。

大蛇的風劃傷了大狐狸（篝小姐）的身體，血液從她的身上滴落。

再這樣下去會有危險。

可是，大狐狸（篝小姐）緊咬著大蛇不放。

不行，她會死的。

「接下來換我戰鬥吧！」

不知道有沒有聽見我的聲音，大狐狸（篝小姐）發出一陣低吼，火焰便開始膨脹，然後立刻爆炸。

「篝小姐！」

大蛇的風消失，而大蛇的身體與大狐狸（篝小姐）一起倒下。

我奔向大狐狸（篝小姐）身邊。

「篝小姐！」

大狐狸（篝小姐）倒在大蛇頭附近。可是，她的身體正在動。

不過，大蛇的頭纏繞著風，正準備再生。

別開玩笑了。大狐狸（篝小姐）都賭上了性命戰鬥，不要再再生了。

我正要發動攻擊的時候，大狐狸（篝小姐）站了起來，把嘴巴放進受傷的大蛇頭之中。

然後，她用盡最後的力氣將頭抽回來，便有一個巨大的綠色魔石飛了出來，掉在我的附近。

纏繞在風之大蛇身上的風消失了。

大狐狸（篝小姐）確認再生停止之後，對自己咬出的傷口吐火、吐火，再吐火。

大蛇的身體雖然持續掙扎，失去了魔力的大蛇卻像是沒了電的玩具，應聲倒地。

她打倒了風之大蛇。

我回收了眼前的魔石，奔向大狐狸（篝小姐）身邊。

她的臉和身體都受傷了。

「篝小姐，妳沒事吧？」

「妾身沒事。」

可是，她全身都是血。

「不過，妾身已經無力再戰了。」

「沒關係，接下來換我戰鬥了。」

「呵呵，抱歉。」

大狐狸（篝小姐）這麼說完，身體便漸漸變成小狐狸，最後變成外表相當於芙蘿拉公主的小女孩。

原本有九條的尾巴現在只剩一條。

變成小孩子的篝小姐臉上帶著血。

我輕觸她的臉，治好傷口，然後拿出手帕把血擦掉。她的臉變乾淨了。

「……痛楚消失了。」

「這只是急救處理，所以妳不可以再亂動了喔。」

雖然傷口已經癒合，但亂動的話還是有可能裂開。

「不，已經夠了。」

篝小姐起身，稍微皺起眉頭。

「對了，能麻煩妳把衣服還給妾身嗎？」

變回人型的篝小姐是一絲不掛的模樣。我把自己保管的衣服還給篝小姐，她便重新穿上。

衣服的尺寸不合，鬆垮垮的。

畢竟，原本胸部那麼大的女性變成了小孩子，衣服尺寸不合也是理所當然的。

「妳會恢復原狀嗎？」

她這個樣子不適合叫作篝小姐，比較適合叫作篝小妹。

「過段時間就會恢復了。不過，沒有魔力的妾身已經無法再戰。」

篝小姐露出抱歉的表情。

「篝小姐已經遵守約定，這次換我實現承諾了。」

還剩下岩之大蛇與水之大蛇。牠們不像火之大蛇與風之大蛇這麼具威脅性。

「篝小姐就好好休息吧。」

話說回來，我實在不太習慣。她剛才明明還是個胸部豐滿的美女，此刻出現在我面前的卻是個貌美的小女孩。

我不經意地把手放在篝小姐頭上。

「妳為何要將手放在妾身頭上？」

「直覺反應？」

「雖然現在外表是個幼童，但妾身比妳還要年長呢。」

我雖然知道，但人的外表還是很重要的。

這句話，我不知道對自己說了幾次。

「那麼，我要去對付剩下的頭了，篝小姐就待在遠一點的地方吧。」

「妾身會的。這副模樣只會扯妳的後腿，連好好逃走都辦不到。妾身會待在穆穆祿德那裡。」

篝小姐這麼說完便拎起太大的衣服，用不太順暢的步伐朝穆穆祿德先生所在的建築物走去。

我則往最近的建築物出發。

507 熊熊與岩之大蛇戰鬥

櫻與露依敏正在等著我。我奔跑著。稍微遲到都有可能後悔莫及。

我來到最近的一棟建築物。建築物已經半毀，紅喙鴉的屍體增加了。

我趕緊進入建築物，奔下階梯。

我看見露依敏待在地下的封印中心，靠在熊緩身邊。

熊緩注意到我，轉過頭來。

「咿～」

「熊緩，你怎麼了？」

露依敏沿著熊緩的視線轉過頭來。

「……優奈小姐？」

她的表情充滿疲勞，眼睛好像難以聚焦。

「露依敏，妳還好嗎？」

我靠近她，對她說道。

「是，雖然有點驚險，但還是撐過來了。對了，外頭怎麼樣了呢？聲音好像消失了。」

「我們打倒火之大蛇和風之大蛇了。」

「真的嗎？太好了。」

露依敏用疲憊的表情微笑。

看來她消耗了不少魔力。

「所以，接下來我要打倒封印在這裡的大蛇，妳可以不用再灌注魔力了。」

「小櫻呢？」

「打倒這裡的大蛇之後，我就會過去了。」

「既然如此，請妳先去小櫻那裡吧。我還能再撐一陣子。」

雖然我也很擔心櫻，但露依敏也到極限了。

「我會馬上打倒然後過去，沒問題的。我們在這裡討論，只會讓我更晚趕到櫻那裡。」

我沒辦法排定先後順序。

只不過，比起現在就去找櫻，先把露依敏看守的大蛇打倒再過去，比較能節省時間。

露依敏交互看著我和封印。

「……我知道了。優奈小姐，拜託妳了。」

露依敏把手從魔法陣上移開。

然後，露依敏就像沒了電的機器人，差點倒下來。我抱住露依敏，以免她跌倒。

「嗯，接下來交給我吧。」

我抱起露依敏的身體，讓她騎到熊緩的背上。

「熊緩，露依敏拜託你了。」

「咿～」

載著露依敏的熊緩登上階梯，往外面跑去。

「那麼，我就破壞封印，跟大蛇戰鬥吧。」

我回收了繡著封印強化魔法陣的地毯，然後朝封印著大蛇的魔法陣放出熊熊風魔法。

封印的魔法陣被劃傷，因此損壞。

我立刻登上階梯，跑出建築物。

「優奈小姐！」

我來到屋外便看見露依敏。

「我已經破壞封印了，妳快跟熊緩一起遠離這裡。」

我這麼說的時候，地面開始搖晃，建築物也開始坍塌。我們趕緊遠離建築物。

一陣地鳴之後，地面高高隆起，大蛇的長長脖子出現了。

牠帶著岩石般的鱗片……岩之大蛇。

「……優奈小姐，妳要一個人戰鬥嗎？」

「不用擔心。這裡很危險，你們兩個快離開吧。」

我對熊緩與露依敏這麼說道，然後朝岩之大蛇奔去。

我試著放出熊熊火焰，但牠的皮膚只會變紅，沒有反應。我又放出熊熊風刃，但只能劃出一點痕跡。

因為魔力的關係，強度果然變得相當高。

既然如此，就按照原定計畫，以破壞內部的方式來打倒牠吧。

我放出風魔法，吸引大蛇的注意力。不能讓牠靠近櫻或穆穆祿德先生所在的建築物。

我放出熊熊風魔法，岩之大蛇的鱗片卻只會留下傷痕，又馬上因再生而恢復原狀。

能夠療傷真的很犯規。

岩之大蛇張開嘴巴，將魔力凝聚為岩石，朝我發射。

超過我身高的岩石接二連三地飛過來。我持續左右奔跑，躲避岩石。

每次有岩石掉落到地上，就會發出巨大的聲響。

人被那種岩石擊中，肯定會當場死亡。

過去或許有好幾個人被這種岩石壓死。不只是岩石，我想應該有許多人被火之大蛇燒死、被風之大蛇砍死。

我不是這個國家的居民，所以我不打算說出要幫他們報仇這種厚臉皮的話。

櫻與忍、旅館的女孩心葉、賣榻榻米給我的阿姨、替我做糖藝品的大叔、鰻魚店的店員。

至少，我希望現在活著的人都不必畏懼大蛇，可以過著平靜的生活。

大蛇說不定也是為了活下去才會殺人。然而就算如此，我也不打算同情大蛇。

我奔跑著，利用高大的樹木，跳到岩之大蛇的面前。

「很抱歉，櫻還在等我，所以我得快點打倒你了。」

我靠近大蛇。牠跟火之大蛇或風之大蛇不同，身上沒有火或風。比起那兩顆頭，牠沒有那麼恐怖。

我沿著岩之大蛇的脖子，往頭部奔去。接近到這裡，大蛇就無法攻擊我了。

大蛇開始搖頭，試圖把我甩開，但我往上一跳。

大蛇張大嘴巴，準備製造岩石。我看準這個時機，早已在眼前排列出無數隻火焰組成的熊。

「去吧。」

我一揮手，火焰熊熊便進入岩之大蛇的口中。

火焰熊熊進入岩之大蛇的體內，到處移動。大蛇想把進入口中的火焰熊熊吐出，卻辦不到。受不了火焰熊熊的岩之大蛇很痛苦，反覆用身體撞擊地面。

不過或許是因為再生能力的關係，牠沒有倒下。

只不過，這段期間的火焰熊熊仍然繼續灼燒岩之大蛇的體內。

牠倒下了。可是，燒傷的嘴巴開始再生。

如果放著不管，牠可能會再復活。

我靠近倒地的岩之大蛇頭。

「很抱歉，請你認輸吧。」
我朝稍微張開的嘴巴內灌注魔力，做出熊熊岩石。熊熊岩石不斷變大，撐開大蛇的嘴巴。
然後，熊熊岩石就這麼破壞了岩之大蛇頭。
熊熊岩石滾落以後，一個巨大的褐色魔石也滾了出來。
這是岩之大蛇的魔石。
我將魔石收進熊熊箱。
這樣牠應該就無法再生了，於是戰鬥結束。
可是，事情還沒有結束。我必須盡快趕到櫻的身邊。

我朝櫻的所在地起跑時，騎著熊緩的露依敏便跟我並排前進了。
「露依敏？妳怎麼在這裡？」
「我沒辦法丟下優奈小姐一個人，所以就請熊緩待在附近了。所以，我有看到優奈小姐打倒大蛇的樣子。」
「妳的身體還好嗎？」
「是，我稍微休息一下就覺得輕鬆多了。」
對封印灌注魔力的時候，她整個人都很虛弱，現在臉色卻已經變好了。
「可是，我接下來要去櫻那裡，很危險的。」

「我很擔心小櫻，所以我也要去。我會馬上帶小櫻離開，不會妨礙優奈小姐的。」

沒有時間在這裡爭論了。

而且如果能把櫻交給她照顧，我也比較不會擔心。

「那麼，櫻就拜託妳了。」

「好的。」

我跳上露依敏所騎的熊緩，一路前往櫻負責看守封印的建築物。

508 櫻忍不住哭泣

自從我開始強化封印，地面就發生了好幾次劇烈的搖晃。我因為害怕，感到十分不安。

我想優奈大人與篝大人應該正在戰鬥。

一想到自己萬一走出去就發現大家已經死了，我的身體就不禁顫抖。

地面又再次搖晃。

每當地面搖晃，紅黑色的眼睛就會睜開或閉上。

拜託，現在還不能醒來。

我灌注魔力。

不能一口氣灌注太多。我得一點一滴地灌注，讓魔力不間斷地流入魔法陣才行。

灌注更多魔力，當然能強化封印。可是，現在的我那麼做的話，魔力就會馬上耗盡。重點在於持續灌注魔力。

我不知道過了多久的時間。

幾分鐘、幾十分鐘、幾個小時，我覺得好漫長。

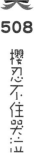

優奈大人、篝大人、露依敏小姐、熊急大人、熊緩大人、穆穆祿德大人，大家都平安嗎？

請各位一定要平安。

我這麼祈禱。

……我好想見大家。

我快要被不安的情緒壓垮的時候，地面產生了一陣前所未有的劇烈搖晃。

「什麼！」

地面晃個不停，地鳴甚至傳到了這裡來。

這是到目前為止最大的一次。

「該不會！」

我的腦中浮現不好的想像。

然後，地面開始發出有東西正要冒出來的聲音。

封印解除，大蛇復活了。

就像是要證明這一點，封印開始閃著暗紅色的光芒，隨著「咚」的一陣巨大聲響，大蛇的眼睛開始睜大。

不行！

我對魔法陣灌注魔力。

現在還不行，拜託，睡著吧。

大蛇的眼神好像很痛苦，又好像很生氣。

我灌注魔力。

拜託，安分一點。

我的魔力漸漸被吸走。再繼續灌注下去的話，我的魔力就會耗盡，再也無法壓制牠。可是，萬一大蛇在這個時候復活，一切就完蛋了。

拜託，現在還不能醒來。

或許是我的祈禱奏效了，眼睛緩緩閉了起來。

相對地，我消耗了相當多的魔力。

從這股虛脫感來判斷，我的魔力恐怕撐不了多久了。

我忍不住心想，如果我的年紀再大一點，或是有其他人在就好了。

我深呼吸，繼續灌注一定的魔力。

拜託，再撐一下。

自從聽見東西從地面冒出的聲音以來，地面搖晃的次數就開始增加了。

建築物跟著搖晃。

天花板的一部分掉了下來。

可是，我不能離開這裡。

這個瞬間，優奈大人與篝大人也正在跟大蛇戰鬥。
如果連這個封印都解除了，戰勝的可能性就會降低。
疲勞感漸漸在我的體內擴散。
我應該撐不久了。
可是，就像是要把我逼上絕境一樣，地面的搖晃遲遲沒有停止。
地面每次搖晃，魔法陣就會有反應。
現在還不行。
拜託，不要再作亂了。
我對在外面活動的大蛇祈求。可是，我的願望沒有成真。
更大的聲音響起，地面跟著搖晃，建築物的一部分崩塌了。
瓦礫掉落到魔法陣上。然後，大蛇的眼睛睜開了。
「不行！」
我一而再，再而三地灌注魔力，幾乎要失去意識。可是，我不能在這個時候放棄。我持續灌注，就像要把最後一滴魔力榨乾。
拜託，停下來！
大蛇的眼睛緩緩閉上。
我感到安心，身體同時失去平衡。

我差點往旁邊倒下的時候，身體碰到了牆壁，勉強撐住了。

我不記得這裡有一道牆壁。

我應該待在屋內的正中央才對。

我用模糊的眼神往旁看，見到一道白色的柔軟牆壁。

「咿～」

「熊急大人？」

支撐了我的是熊急大人。熊急大人的身體非常溫暖，靠起來很舒服。

這讓我十分安心。

「熊急大人，謝謝您。」

我靠著熊急大人，繼續灌注魔力。

我總覺得有某種溫暖的東西從熊急大人的身體流了過來。多虧有熊急大人，我應該還能再撐一陣子。

然後，我聽到某種東西撞擊地面好幾次的聲音，使地面隨之搖晃，然後又安靜了下來。

情況到底怎麼了呢？

雖然好奇，現在的我也沒有辦法確認。

我的意識漸漸模糊。

「咿～」

熊急大人溫柔地抱住了我。

「我、我沒事的。」

我保持清醒。

不能昏過去。

我想灌注魔力，然而辦不到。

我已經沒有魔力了。

「熊急大人，我已經沒有魔力了。請您逃走吧。」

「咿～」

熊急大人發出小小的叫聲，然後溫柔地抱住我。

「謝謝您，已經夠了。請您去幫助優奈大人、篝大人和其他人吧。」

優奈大人、篝大人，對不起。

露依敏小姐，很抱歉不能遵守約定了。

我正要閉上眼睛的時候，有人呼喚了我的名字。

「櫻，妳沒事吧？」

我用模糊的視線望向聲音的來源，看到優奈大人及騎著熊緩大人的露依敏小姐 出現在即將崩塌的階梯上。

「優奈大人？」

優奈大人朝我飛奔過來。

「抱歉我來晚了。已經沒事了。」

沒事是什麼意思呢？

「櫻，妳已經可以放手了。」

優奈大人觸碰我的手，讓我放開魔法陣。

我明明已經沒有魔力了，卻好像還是抓著魔法陣不放。

我輕輕吐了一口氣，然後向優奈大人問道：

「優奈大人，您說的沒事是什麼意思呢？」

「就是字面上的意思。我打倒三顆大蛇頭了，妳看守的大蛇頭就是最後一顆。」

打倒了？最後？

我一時沒聽懂優奈大人所說的話。

「小櫻，大蛇已經被優奈小姐打倒了，沒事了。」

露依敏小姐用開朗的聲音這麼說道。

我漸漸開始理解優奈大人與露依敏小姐所說的話。

「真的嗎？您真的打倒了大蛇嗎？」

我用小小的聲音問道。

「妳可以等一下再親眼確認。我要先打倒最後的頭，妳們兩個快去待在安全的地方吧。」

優奈大人抱起我的身體，讓我坐到熊急大人的背上。

載著我和露依敏小姐的熊急大人與熊緩大人聽從優奈大人的話，開始往前走。我們登上階梯之後，優奈大人朝魔法陣放了魔法。

然後地面開始搖晃。這是我經歷過好幾次的搖晃。隨著一陣地鳴，泥土開始漸漸往上隆起。

大蛇出現了。

好大。

然後，牠發出憤怒的低吼，身體開始有水流纏繞，還從口中吐出了水。

大蛇復活了。

那麼巨大的魔物，真的能打倒嗎？

好可怕。

可是，優奈大人毫不畏懼地看著水之大蛇。

「優奈大人……」

「這裡很危險，妳們兩個快離開。」

「…………」

我不知道該說些什麼。我想到「請小心」、「請加油」、「請不要勉強自己」之類的話，卻說不出口。

因為優奈大人接下來要去跟殺死許多人的大蛇戰鬥。

「妳不用那麼擔心啦。」

優奈大人微笑著這麼說，想讓我放心。

「妳們兩個絕對不能離開熊緩和熊急喔。熊緩和熊急也要好好保護她們兩個。」

「「咿～」」

熊急大人與熊緩大人這麼回應優奈大人所說的話。

「那麼，我去打倒牠了。」

優奈大人就像是要出門散步一樣，朝大蛇走去。

接下來的事情彷彿一場夢。

優奈大人用金色的東西纏繞著黑色熊熊般的手，朝水之大蛇放出，就發出了好大的聲音，使水之大蛇停止了動作。

她又變出好幾隻熊熊形狀的巨大火球，讓它們纏繞水之大蛇。

大蛇身上的水開始沸騰冒泡的時候，我嚇了一跳。

然後，她在水之大蛇的口中放進一個熊熊形狀的巨大岩石，大蛇的嘴巴就裂開了。

我真的是目瞪口呆。

就算說出優奈大人與大蛇戰鬥的過程，恐怕也沒有人會相信吧。

「結束了。」

優奈大人就像是結束了散步，輕聲呼喚我們。

然後，我身旁的露依敏小姐對優奈大人大聲喊道：

「優奈小姐，妳好厲害。」

我看著她們兩個人，優奈大人就轉過頭來看我了。

「櫻、櫻，妳怎麼了？」

「小櫻？」

兩人用驚訝的表情看著我。

為什麼要問我怎麼了呢？

「妳有哪裡會痛嗎？還是不舒服？」

優奈大人一臉擔心。

「不，我不會痛，也沒有不舒服。」

「那妳為什麼要哭？」

我用手觸碰自己的眼睛，發現手指濕了。

我好像哭出來了。

一旦察覺自己正在哭，眼淚就停不下來了。

「……優奈大人。」

我從熊急大人身上下來，想要跑到優奈大人身邊，腳步卻不太穩。我差點跌倒的時候，優奈

大人跑過來抱住了我。

「妳沒事吧？」

「嗚嗚嗚嗚，優奈大人……」

眼淚再也停不下來。

大蛇真的被打倒了。

「好了，妳哭成這樣，可惜了這麼可愛的臉。」

優奈大人拿出手帕，替我擦臉。

「嗚嗚嗚，非常謝謝您。」

我止不住淚水。

即使如此，優奈大人仍然微笑著替我擦淚。

優奈大人對我說：「妳很努力呢。」溫柔地摸摸我的頭。

「那麼，我們去找穆穆祿德先生和篝小姐吧。」

「好的！」

509 熊熊與復活的大蛇戰鬥

結束了。雖然還剩身體，但頭部已經全部破壞掉了，這樣就結束了吧。

沒有了頭，生物就無法活動。

雖然也有可能再生，但大蛇頭之中的魔石已經全部收進熊熊箱了。

本體還留有魔石，所以無法斷定牠不會再生，但再怎麼想也不會有答案。這部分的事情只能問穆穆祿德先生和篝小姐了。

我跟櫻一起騎著熊急，前往穆穆祿德先生和篝小姐所在的地方。

「露依敏小姐還好嗎？有沒有受傷呢？」

櫻這麼詢問在一旁騎著熊緩的露依敏。

「熊緩保護了我，所以我沒事。」

露依敏伸出手，撫摸熊緩的頭。

「咿～」

熊緩高興地叫了一聲。

「熊急大人也保護了我。」

「咿～」

熊急也高興地叫了一聲。

看來熊緩與熊急都有好好保護她們兩個人。

「可是，露依敏和櫻都太拚了啦。我明明說過有危險就要逃走的。」

建築物明明快要崩塌了，她們兩個人還是留下來守住了封印。

「因為優奈小姐和篝小姐都還在戰鬥，我覺得自己不能逃走嘛。」

「我沒有能力戰鬥，只能灌注魔力而已。」

我能理解她們的心情，但還是希望她們更珍惜生命一點。

「對了，優奈大人，請問篝大人沒事吧？」

櫻聽了露依敏所說的話，於是轉過頭對坐在後面的我問道。

「她……」

我從櫻身上移開視線。

我不知道自己該不該說出大狐狸的事，以及她變成小女孩的事。

我保持沉默，櫻就出聲大叫了。

「篝、篝大人該不會是出了什麼事吧！」

「抱歉，我沒辦法解釋。」

我這麼回答，櫻的雙眼就開始溢出淚水。

「咦，妳怎麼了？」

看到櫻突然哭出來，我嚇了一跳。

她為什麼要哭？

「我一直將篝大人當作姊姊或母親般仰慕。可是……」

「妳是不是誤會了？篝小姐還活著喔。」

聽到我這麼說，櫻驚訝地抬起頭來。

「真的嗎？這麼說來，篝大人也沒事囉。」

櫻擦掉眼淚，臉上浮現安心的表情。

「因為優奈大人不願意說出口……」

「所以妳就以為她死了吧。」

「……是的。」

看我剛才的反應，的確很容易讓人誤會。

「她沒受什麼重傷，所以不必擔心。她只是過度消耗魔力，沒辦法再戰鬥了。」

而且還變成了小女孩。

「太好了。那麼，為什麼您不願意告訴我呢？」

「抱歉，這就要請妳自己去確認了。」

比起由我說明，直接看比較快。而且就算我說了，她或許也不會相信。

「……好的，我知道了。」

櫻很想繼續追問，但還是乖乖點頭了。

熊緩與熊急繼續奔馳，前往穆穆祿德先生所在的地方。我們漸漸看見建築物，也看見一個小女孩站在建築物前方。

「優奈小姐，有個小女孩耶。」

「這裡怎麼會有小女孩呢？她是怎麼來到島上的？」

露依敏和櫻見到小女孩（篝小姐），疑惑地歪起頭。

這也難怪。

如果不知道篝小姐可以變成小女孩，她們當然會有這個疑問。

騎著熊緩與熊急的我們靠近小女孩（篝小姐）。

「小姑娘，做得好。」

小女孩（篝小姐）奔向我們。

被小女孩稱為小姑娘，感覺真奇怪。

她還是穿著那套鬆垮垮的衣服。畢竟，她大概沒有帶兒童尺寸的衣服，這也沒辦法。

「櫻與露依敏好像也平安呢，太好了。」

小女孩（篝小姐）觸碰兩人的身體。

面對這樣的小女孩，兩人感到不知所措。

櫻果然也沒有見過這個狀態的篝小姐。

「呃，您該不會是篝大人吧？」

「咦！篝小姐？」

櫻一發問，露依敏就有了反應。

見到兩人這個反應，篝小姐看著自己的外表。

「妾身這副模樣是有理由的。」

「所以，您真的是篝大人吧。」

「是啊，妾身正是篝。」

「幸好您沒事。」

櫻擁抱篝小姐。

「妾身也很慶幸妳平安。」

篝小姐把手臂環繞到櫻的背後，擁抱了她。

如果篝小姐是大人的模樣，這幅景象應該就像母女一樣溫馨，但她現在是小女孩的樣子，所以感覺有點怪。可是對兩人來說，那並不重要。

「不過，沒想到小姑娘真的能打倒四顆大蛇頭。」

「其中一顆是篝小姐打倒的啦。多虧如此，我才能打倒剩下的大蛇。」

「不，妾身對妳有說不完的感謝。」

「可是，事情還沒有結束吧。」

雖然打倒了頭，但還有本體。解除本體的封印時，不知道會發生什麼事。

照理來說，沒有頭的生物就無法存活。不過牠還是很有可能再生。

「是啊，沒錯。立刻去找穆穆祿德吧。」

篝小姐看起來不太方便走路，所以我讓她騎到熊緩背上。

我們進入建築物，尋找身在地下室的穆穆祿德先生。

穆穆祿德先生跟其他人一樣，把手放在魔法陣上，灌注魔力。

「爺爺！」

露依敏叫道，朝他奔去。穆穆祿德先生因此注意到我們。

「小姑娘，妳全部打倒了嗎？大蛇的反應變弱了。」

「多虧有露依敏和櫻的努力，我才能打倒大蛇。」

「神聖樹當時也是，妳真是個了不起的小姑娘。就連封印的結界都沒有派上用場。」

看來他也準備了封印的結界。

「請問，既然優奈大人打倒了大蛇頭，就表示事情到此結束了吧？」

櫻這麼詢問仍然沒有放開魔法陣的穆穆祿德先生。

「正確來說還沒有結束。」

這句話讓櫻很驚訝。

「選項有兩個。其中一個是繼續封印大蛇的身體。」

「您說封印，可是優奈大人不是已經打倒大蛇了嗎？」

「是啊，小姑娘雖然打倒了大蛇頭，但本體還活著。一旦解除封印，牠就有可能動起來。」

我毀了牠的頭，所以我以為已經打倒了。看來事情果然沒那麼簡單。

都已經沒有頭了，真希望牠就這麼死去。

「請問另一個選項是什麼呢？」

「當然是解除封印，打倒身體了。」

我想也是。不過，這是最簡單有效的方法。

「就這麼辦吧。」

「優奈大人？」

我選擇打倒，櫻便用驚訝的表情看著我。

「優奈大人，您還要繼續戰鬥嗎？」

「打倒牠才能讓這個國家的人安心，穆穆祿德先生也能無後顧之憂地回到村落啊。」

穆穆祿德先生就是為此而來的。

只不過，他好像是聽我提起才想起這件事。我把這句話藏在心裡。

「的確沒錯。幾百年後，牠可能會儲存到足夠的魔力，然後完全復活。到時候，我們或許已

經不在了。」

「豈能讓後代子孫經歷如妾身等人現在的辛勞。優奈，能拜託妳嗎？」

篝小姐望著我確認。

「篝大人，我明白您的心情，但請優奈大人繼續戰鬥的話……」

「櫻，妳不用放在心上。明明能打倒卻不打倒，我也會覺得渾身不自在。」

都來到這裡了，還是給牠最後一擊，讓一切到此為止比較好。

最好別留下後患。

「優奈，抱歉直到最後都得依靠妳。請妳打倒大蛇，讓這個國家從此高枕無憂吧。」

篝小姐對我深深低下頭。

「所以，妳們的決定是解除大蛇身體的封印吧。」

穆穆祿德先生看著篝小姐與櫻，確認最後一次。

「優奈沒問題的話，就拜託你了。」

「……優奈大人。」

「小姑娘，妳需要休息嗎？」

所有人都看著我。

「我還能再維持一下子，妳可以趁機休息。」

不愧是穆穆祿德先生，魔力的量跟露依敏和櫻就是不一樣。

「不用了。快點解決，快點回去吧。」

而且如果待太久，有其他人來就麻煩了。都做到這個地步了，就由我們打倒牠，讓一切到此為止比較好。

「篝和櫻要怎麼辦？如果要逃離這座島，現在還有時間。」

「都到這裡了，妾身豈能逃走。妾身要留下來，見證最後一刻。」

「我也要留下來，見證最後一刻。」

「我當然也要留下來。」

對於穆穆祿德先生的問題，篝小姐和櫻紛紛回答，覺得自己會被趕回去的露依敏也回答了。

在這個時候趕走她們也不太厚道。不過，還是有必要確保安全。

「妳們三個人都不能戰鬥，所以絕對不能離開熊緩和熊急喔。」

我強調這一點。

熊緩載著露依敏，熊急則載著櫻與篝小姐。

「那麼，我要破壞魔法陣了，這麼做最快。」

穆穆祿德先生放開畫著魔法陣的地毯，朝魔法陣放出風魔法。

「快點出去吧。」

我們跑出建築物，往更遠的地方前進。

過了一陣子，地面一次又一次地搖晃。

地面出現裂痕，蛇一般的巨大身體從地面逐漸隆起。

蜷曲著巨大身體的蛇開始活動。

然後，牠甦醒時，四顆頭都已經復活了。

「不會吧。優奈大人不是已經打倒那些頭了嗎……」

櫻用絕望的表情看著大蛇。

我能想到的原因只有身體的魔石。

沒想到四顆頭竟然都復活了。

只不過，不同的是每顆頭都沒有附加屬性。看來回收魔石是正確的選擇。沒有了屬性，牠就只是一隻很巨大的四頭蛇而已。

這樣應該沒問題。

「不過，頭部並沒有纏繞著火或風。」

「因為我已經把大蛇頭中的魔石全部回收了。」

如果沒有回收魔石，情況不知道會如何。牠或許會吸收魔石，然後完全復活。

有回收魔石真是太好了。

「小姑娘，妳一個人真的沒問題嗎？我可以幫妳。」

穆穆祿德先生望著大蛇說道。

「穆穆祿德先生就陪著她們三個吧。這種程度的大蛇，我一個人就能對付了。」

「您說這種程度的大蛇……」

聽到我說的話，櫻露出難以置信的表情。

「那麼，在牠恢復活力之前，我會打倒牠的。」

我朝大蛇奔去。

因為才剛再生，大蛇的動作很遲鈍。

我跑到蜷曲著身體的大蛇下方，踩著牠的身體往上跑。牠的身上沒有火焰，也沒有風或水，只是普通的大蛇。

我跳到大蛇頭附近，四顆大蛇頭便轉了過來，張開嘴巴逼近我。

既然你這麼想吃我(熊)，就讓你吃吧。我瞄準大蛇的嘴巴，做出四隻巨大的火焰熊熊，扔進每張嘴巴裡。

吞下火焰熊熊的四顆大蛇頭開始感到痛苦。大蛇不斷用身體撞擊地面。

牠張開嘴巴，試圖把火焰熊熊吐出來，卻辦不到。我反過來趁著牠張嘴的時候，發射第二隻、第三隻火焰熊熊到大蛇的嘴巴裡。

火焰熊熊灼燒了大蛇的嘴巴、喉嚨，朝體內前進。從外面也可以看見大蛇的一部分身體會隨著火焰熊熊的經過而變紅。

大蛇頭倒向地面，可能是來不及再生，從此一動也不動。

510 菲娜照顧忍

我待在家裡時，熊熊造型的擺飾發出了「咿～咿～」的叫聲。
這個熊熊造型的東西叫做熊熊電話，是可以跟遠處的優奈姊姊對話的魔導具。
我灌注一點魔力，接起熊熊電話，優奈姊姊就說她的家裡有個失去意識的人躺在可以移動到別處的門前，希望我可以幫忙照顧那個人。
我原本想詢問詳情，但是優奈姊姊的聲音好像很慌忙，所以我沒有問出理由。
雖然不知道為什麼，但我趕緊出發前往優奈姊姊的家。

我來到優奈姊姊的熊熊房子。
我調整呼吸，打開家門。我記得優奈姊姊說過，那個人就在可以移動到別處的門前。
我前往放著可以移動到別處的門的房間。我一打開房間的門，就見到一個穿著陌生服裝的大姊姊躺在地上。
我趕緊跑到她身邊。
她的衣服上沾著血，而且左肩的部分特別嚴重。衣服還有被劃開的痕跡。

我該怎麼辦才好！

要去叫醫生來嗎？

我很緊張，但又馬上想起優奈姊姊說過的話。

她說這個人的衣服上雖然有血，但沒有傷口，只是失去了意識。

我想起優奈姊姊曾經在我因為肢解而弄傷手的時候，用魔法把我治好。

我深呼吸，然後試著翻開沾著血而且被劃破的左肩衣服。

衣服下面是一層用鐵絲編織而成的服裝。她穿著這麼重的東西嗎？

我看著鐵絲的裡面。明明有流血，裡面卻沒有傷口。

我想應該是優奈姊姊治好她的。

好像沒有必要叫醫生來了。

可是，她失去了意識，我不能放著她不管。

其實我很想把她搬到床上，但我一個人搬不動她。

我暫時離開房間，準備可以支撐頭部的枕頭和保暖的毛毯。然後，我拿了裝著溫水的桶子和毛巾來，替她擦拭髒掉的臉。

我把枕頭放到大姊姊的頭部下方，讓她舒服一點。

大姊姊看起來有點痛苦，所以我將她的衣服解開。其實我很想把這層像是用鐵絲編成的東西脫下來，但好像沒辦法。話說回來，我從來沒有看過這樣的衣服。她到底是哪個國家的人呢？

我將衣服解開，便看見她的身體到處都有擦傷、血和污漬。

我用溫水浸泡自己拿來的毛巾，替她擦拭臉、手臂和手掌。

她的衣服既殘破又沾著血，讓我嚇了一跳，但幸好傷勢不嚴重。頂多只有一些細小的傷口。

我把身體和臉擦乾淨之後，替她蓋上毛毯。

優奈姊姊原本是跟這個大姊姊在一起嗎？既然這個大姊姊是這種狀態，就表示優奈姊姊或許也遇到了危險。雖然我知道優奈姊姊很強，但看到這個大姊姊的狀態，我就感到不安。

其實我很想馬上聯絡優奈姊姊。

可是，聽到優奈姊姊慌忙的聲音，又看到這個失去意識的大姊姊，我就不敢隨意聯絡她了。

如果她正在跟什麼敵人戰鬥，我會妨礙到她。

「嗚嗚，櫻大人……」

大姊姊正在呻吟。她的額頭滲著汗水。

我把沾了溫水的毛巾放到她的額頭上。

優奈姊姊，妳應該沒事吧。

後來，我不知道該做些什麼，只是等著時間過去。

過了一陣子，大姊姊的身體開始動了起來。

「嗚嗚，這裡是哪裡？」

大姊姊醒過來了。

然後，她試圖坐起身。

「妳還是再躺一下比較好。」

我一出聲，大姊姊就快速站起來，跟我保持距離，同時按著自己的肩膀。

「嗚嗚。」

我也記得傷口癒合之後，還是會感到有點痛。

「妳的傷口已經癒合了，但請別勉強自己。」

就算我這麼說，大姊姊還是沒有放鬆戒心。

「雖然有點痛，但傷口不見了。」

大姊姊看著自己的左肩與沾血的衣服。

「該不會是優奈做的吧？」

大姊姊用小小的聲音這麼說。

她果然認識優奈姊姊。

「呃，妳是誰？」

大姊姊帶著戒心向我問道。

「我叫作菲娜。是優奈姊姊拜託我看著妳的。」

大姊姊看著自己剛才躺過的地方。那裡放著毛巾、枕頭和裝水的桶子等東西。

「妳是優奈的熟人嗎？」

「是的。」

我這麼說，她就放鬆戒心了。

幸好她願意相信我。

「所以優奈在哪裡？這裡又是什麼地方？」

「這裡是優奈姊姊的家。我不知道優奈姊姊在哪裡。」

「優奈的家？」

嗯～我可以說出關於門的事嗎？

可以移動到別處的門是祕密。

可是，大姊姊看著門。

「這扇門該不會是用來移動我的吧？」

「請問妳知道這扇門的事嗎？」

大姊姊點頭。

「因為我跟優奈締結了契約，不能透露詳情，但從妳的口氣聽來，妳也知道嗎？」

「是的。優奈姊姊聯絡我，說有個人躺在門前，要我幫忙看著那個人。」

「妳有聽說櫻大人、篝大人和優奈怎麼了嗎？」

大姊姊重新穿好被血和泥土弄髒的衣服，同時這麼問我。

「我不知道。」

我搖搖頭。

我第一次聽說那些名字。

「妳說妳叫菲娜吧。菲娜，妳能打開這扇門嗎？」

「我打不開。」

這扇門只有優奈姊姊打得開。

「那麼，我再確認一件事。妳剛才說優奈聯絡了妳吧？既然如此，就表示妳也可以聯絡她吧？妳能聯絡上優奈嗎？」

大姊姊用婉轉的方式問道。既然她知道門的事，就表示她也知道熊熊電話的事嗎？

「這個嘛……」

我該怎麼回答才好呢？

「拜託妳，請妳聯絡優奈。我必須馬上回去才行。」

大姊姊雙膝跪地，把手放在地板上，對我深深低下頭。

「拜託妳了。」

「咦，那個，請妳抬起頭吧。」

大姊姊沒有抬起頭。

她很認真。這個人好像有即使受傷也要回去的理由。

優奈姊姊也說過，如果有發生什麼事情，可以聯絡她。

「我知道了，我會聯絡她，請妳抬起頭吧。」

「謝、謝謝妳。」

大姊姊一度抬起頭，然後又對我行了一禮。

「呃，我能請問妳叫什麼名字嗎？」

「我叫作忍。」

「那麼，忍小姐，請妳先喝點水，等我一下吧。」

我望向裝了水的水壺和杯子。

「妳幫了大忙。」

「我去跟優奈姊姊談談。請妳別離開這個房間。」

我不知道能透露到什麼程度，所以拜託她別離開房間。

忍小姐說：「我知道了。」便開始喝起水來。

可能是非常渴，她把水倒進杯子裡，然後一口氣喝光了。

走出房間的我拿出熊熊電話，想著優奈姊姊，對熊熊電話灌注魔力。

優奈姊姊、優奈姊姊……

過了一陣子，熊熊電話傳出『喂？』的聲音。

是優奈姊姊的聲音。

「我是菲娜。」

『菲娜？發生什麼事了嗎？』

熊熊電話裡傳出開朗又悠閒的聲音。

她該不會是忘記了吧？

「呃，那位叫作忍小姐的人醒過來了。」

『……啊。』

她剛才發出了「啊」的聲音。

一定是忘記了。

我原本還那麼擔心，真像個笨蛋。

不過，幸好沒有什麼事。

『所以，忍還好嗎？』

「是，她好像沒事。所以她想回去優奈姊姊那邊。」

『啊～嗯，我知道了。那麼，我晚點會開門，妳請她等一下吧。』

「我知道了。」

我收起熊熊電話，回到忍小姐所在的房間。

「情況怎麼樣了？」

我一回到房間，她便這麼問道。

「優奈姊姊說她晚點會開門。」

「這樣啊，太好了。優奈還有說什麼嗎？」

「她什麼都沒有說。」

我沒有說她忘了忍小姐的事。

我望向水壺，裡面已經空了。忍小姐把水全部喝光了。

「好像還有時間，我再倒一些水來。」

忍小姐連我後來裝的水也喝光了。

511 熊熊想回去卻回不去

我打倒了大蛇。

我想牠應該死了，但還是取下魔石比較好。牠的生命力這麼強，千萬不能大意。

可是，大蛇的體型很龐大，不肢解的話，恐怕很難找到魔石。

「穆穆祿德先生，你知道大蛇的魔石在哪裡嗎？」

「我確認看看。」

「妾身也來幫忙。」

穆穆祿德先生與騎著熊緩的篝小姐靠近倒地的大蛇。

「熊緩，再往右一點。」

「咿～」

騎著熊緩的篝小姐這麼說，熊緩便按照指示移動。

「在這附近嗎？」

「是啊。」

篝小姐與穆穆祿德先生觸摸大蛇的身體，仔細確認。

「篝，妳離遠一點。」

或許是找到魔石的位置了，穆穆祿德先生拿出小刀，切開大蛇的身體。

「我想應該是在這附近。」

穆穆祿德先生把手伸進去，尋找魔石。

「好了，加油吧。」

「妳有時間說風涼話，還不如來幫忙。」

「妾身這副模樣，當然幫不上忙了。好了，你快找吧。」

大蛇身邊傳來兩人的輕鬆對話。

我們在一旁等著，穆穆祿德先生便說：「找到了。」拿出一個無色的巨大魔石。

尺寸好像比大蛇頭中的魔石還要大一點。

「這麼一來就能安心了。」

「事情真的到此結束了吧。」

櫻看到魔石，重新露出放心的表情。

「沒有了魔石，牠就無法再生了。一切都結束了。」

「這樣櫻就不會再哭了。」

「原來優奈大人也會捉弄人呀。」

「我只是很怕看到別人哭而已。可以的話，我希望妳開心一點。」

「是，我明白了。」

櫻的眼裡泛著淡淡的淚水，但臉上掛著高興的微笑。

這麼一來，她的預知就不會成真，也不會再夢到人們死去了。雖然過程中有許多困難，但想到能拯救一名少女，我就覺得自己的辛苦是值得的。

「這麼一來，我就完成自己的職責了。露依敏，我們回去吧。」

穆穆祿德先生呼喚露依敏，將手裡的魔石交給篝小姐。

我是不是也應該把自己保管的魔石交給她呢？

「等等，你這次也打算逃走嗎？」

「別說什麼逃不逃了，本來不該在這裡的人出現在這裡，不是很奇怪嗎？」

穆穆祿德先生出現在這座島上，確實很奇怪。

「可是，穆穆祿德大人，我們還沒有答謝您呢。您就這麼回去的話……」

「我只不過是爭取了大蛇復活的時間。打倒牠的是小姑娘。」

「雖然大蛇確實是優奈大人打倒的，但如果沒有穆穆祿德大人與露依敏小姐的協助，我們也無法打倒大蛇。」

如果大蛇完全復活，我的確有可能打不贏，災害也會擴大。我們能夠個別打倒大蛇，無疑是多虧有穆穆祿德先生強化封印的關係。

可是，在這個情況下，我不知道該站在哪一邊。

我當然可以理解櫻的心情。還沒答謝就讓讓賭命戰鬥的人離開，讓人很過意不去。可是，我也能理解穆穆祿德先生不想被捲進麻煩事的心情。如果我站在櫻的立場，我就會挽留他；如果我站在穆穆祿德先生的立場，我就會想離開。

「我不是為了回報才幫忙的，只是想完成自己以前沒做完的事。所以，妳不必思考如何答謝我。」

穆穆祿德先生溫柔地摸著櫻的頭說道。

他都說到這個分上了，櫻也已經無話可說。

「妾身明白你的立場。不過，穆穆祿德，這次你可別想逃。」

穆穆祿德先生才剛說服櫻，這次卻換篝小姐不放過他了。

「……篝。」

「你知道當時被留下的妾身吃了多少苦頭嗎？」

就是因為這樣，他才想回去吧？

「而且妾身也說過了，就當穆穆祿德是偶然路過這個國家即可。若沒有你在，就無法說明妾身等人是如何打倒大蛇的了。」

「強化封印的事情不需要說明吧。」

穆穆祿德先生一臉嫌麻煩。

「我覺得最好的方法是假裝是篝小姐打倒的。那個，就當作是篝小姐變身成大狐狸打倒的

吧。因為我也要回去了。」

我決定站在穆穆祿德先生這一邊。

因為如果穆穆祿德先生要留下來，我就得留下來了。

擊退大蛇可是大事一件。雖然我在櫻的拜託之下協助打倒了大蛇，但可不希望功勞被算在我的頭上。

「等等！連小姑娘都想把事情推給妾身，然後自行離開嗎？你們別想逃。」

篝小姐抓住我和穆穆祿德先生的衣服。看來她是不打算讓我們離開了。話雖如此，我也不能甩掉她的小手。雖然她原本比我大，但現在變得這麼小，我就不知道該如何應對了。

我正不知所措的時候，白熊玩偶手套發出了「咿～咿～咿～咿～」的叫聲。是熊熊電話。

我從熊熊箱裡取出熊熊電話。

「喂？」

『」我是菲娜。』

「菲娜？發生什麼事了嗎？」

我們現在很忙。如果不是什麼重要的事，我會晚點再打回去。可是，菲娜說的話出乎我的意料。

『呃，那位叫作忍小姐的人醒過來了。』

「……啊。」

我完全忘了。

聽到熊熊電話傳出忍的名字，在場的所有人都想起了忍的事。看來忘了她的人不只我一個。

畢竟後來因為大蛇復活的關係，情況一直很危急。打倒大蛇之後還要談論今後的計畫，讓我們完全忘了忍的事。

「所以，忍還好嗎？」

我這麼問菲娜，以免被她發現我忘了這件事。

『是，她好像沒事。所以她想回去優奈姊姊那邊。』

我想也是。一醒來就發現自己躺在陌生的地方，她當然會很在意這裡的事。況且忍當時失去了意識，完全不了解狀況。

不過，她竟然想回到可能有大蛇的地方。是因為擔心國家，還是因為擔心櫻呢？想也不用想，應該是後者吧。

「啊～嗯，我知道了。那麼，我晚點會開門，妳請她等一下吧。」

『我知道了。』

跟菲娜通話結束的我將熊熊電話收了起來。

「那麼，我要先去接忍，我們可以移動到有門的地方嗎？」

拿出新的熊熊傳送門也可以，但我不想拿出太多扇門，所以決定走過去，順便回收熊熊傳送

門。

熊緩載著變成小女孩的篝小姐，熊急載著櫻。我、露依敏和穆穆祿德先生徒步走著。

「妾身完全忘了忍的事。」

沒有任何人反駁篝小姐的這句話。

「忍會不會正在生氣呢？」

「我想她應該沒有生氣吧。因為她失去了意識，我只是把她移動到安全的地方而已。」

根據菲娜的描述，我也感覺不到忍生氣的跡象。

只不過，她可能不了解狀況，所以感到坐立難安吧。

我們來到有熊熊傳送門的地方。

熊熊傳送門保持開啟的狀態，以便隨時逃往精靈森林。穆穆祿德先生帶著露依敏，試圖悄悄走進門裡。篝小姐從熊緩背上跳下來，擋在熊熊傳送門前。

「等等，你豈能就這麼回去？小姑娘，妳快把門關上，免得穆穆祿德跑了。」

「門都打開了，沒必要關上吧。」

「那就折衷一下，我先回去吧。反正我也要把門連接到忍那裡。」

「小姑娘才更應該留下來。」

看來篝小姐不打算讓我逃走。

「不論如何，請先帶忍回來這裡吧。我想忍一定正在門前等待。」

「是啊。」

我關上通往精靈森林的門。然後，我開啟通往克里莫尼亞的家的熊熊傳送門，便馬上看見在門前等待的忍，她的身旁還有菲娜的身影。

「櫻大人，您沒事吧？而且，現在情況如何？飛龍呢？大蛇呢？」

門一打開，忍便穿越門，來到櫻的面前。

「忍，請冷靜一點。一切都結束了。」

聽到櫻所說的話，忍一頭霧水地張大嘴巴看著她。

「櫻大人，這話是什麼意思？」

「穆穆祿德大人強化了封印，而優奈大人與篝大人在這段期間打倒了大蛇。」

「……真的嗎？」

忍看著我和小女孩（篝小姐）。她這時終於注意到小女孩（篝小姐）的存在。

「呃，請問您是篝大人嗎？」

「沒錯。」

忍蹲下來，配合小女孩（篝小姐）的視線高度。

「好可愛。您為什麼會變成這個樣子呢？」

「由於與大蛇戰鬥而耗盡力量，妾身才會變成這個樣子。所以，妳什麼也別說了。」

「您真可愛。」

忍抱住小女孩。

「啊，忍太奸詐了。我一直在忍耐，妳竟然先抱了篝大人。」

原來櫻一直在忍耐啊。櫻也抱住了小女孩。

「喂，妳們兩個都放開妾身。妾身比妳們還要年長，別把妾身當小孩子看。」

小女孩一臉厭煩地推開兩人。

不過，要我們不把小女孩模樣的篝小姐當作小孩子看，實在是強人所難。因為人的外表很重要嘛。實力再怎麼強，穿著熊熊布偶裝的話，也不會有人覺得我很強。身高太矮，看起來就會低於實際年齡。這是過來人的經驗。

所以，她們兩個人會把篝小姐當作小孩子也沒辦法。

「優奈姊姊，請問現在到底是什麼情況呢？」

我看著三人的互動，菲娜就走到我身邊了。

看來菲娜也通過熊熊傳送門，來到這裡了。

畢竟門是敞開的，我也有拜託她照顧忍，她當然會想了解狀況了。

「優奈大人，請問這位是？」

所有人的視線都轉向菲娜。

「她是我的救命恩人——菲娜。」

「救命恩人……」

我說的話讓大家露出驚訝的表情。

「她該不會很強吧？」

「看起來並不強呢。雖然俗話說人不可貌相。」

大家都用好奇的目光看著菲娜。

「我、我一點也不強。我不會戰鬥。」

菲娜否認忍等人所說的話。

「優奈姊姊！我就說別再用那種說法介紹我了。」

菲娜生氣地鼓起臉頰。

她好像真的說過。我很容易忘記這件事。

菲娜搥打著我的身體。

嗯，一點也不痛。

「菲娜，好久不見了。」

我正在挨打的時候，露依敏對菲娜說道。

「露依敏小姐！還有露依敏小姐的爺爺？」

菲娜注意到露依敏與穆穆祿德先生。

「好久不見了。」

「兩位怎麼會在這裡？」

菲娜沒想到露依敏與穆穆祿德先生會在這裡，所以嚇了一跳。

「我們請穆穆祿德先生和露依敏幫了一點忙。」

「呃，請問她是露依敏小姐的朋友嗎？」

「嗯，她不久前曾經跟優奈小姐一起來過我們的村落。」

「我叫作菲娜，跟優奈姊姊住在同一座城市。」

「我叫作櫻，請多多指教。」

菲娜等人彼此作了自我介紹。

512 熊熊向菲娜與忍說明事情經過

「對了，忍還好嗎？」

「雖然還有點痛，但我沒事。」

忍看著沾了血的衣服。

「該不會是優奈治好我的吧？」

「因為妳的出血量有點多。不過我只是治好了妳的傷口，還不能亂動喔。」

「謝謝妳。」

確認彼此平安的我們開始向菲娜與忍說明事情經過。

我說我答應在這個國家打倒名為大蛇的巨大魔物。當時有飛龍出現，忍因此在戰鬥中受傷。

後來我們借助穆穆祿德先生與露依敏的力量，打倒了大蛇。

「這麼說來，事情真的在我睡著的期間結束了吧。而且，我還讓櫻大人與露依敏做了危險的事。昏過去的自己真是不爭氣。」

忍有點沮喪。

「沒有那回事。我很清楚忍有多麼努力。忍，謝謝妳平時的付出。」

「……櫻大人。」

看著兩人的互動，菲娜小聲問道：

「優奈姊姊，小櫻她是……」

「呃，說是巫女，妳應該也聽不懂吧。嗯～櫻的母親原本是王室成員，而忍就像是櫻的隨從吧？」

我不太清楚忍的職位，但大概是這種感覺。

「……王室。」

菲娜驚訝地看著櫻。櫻注意到她的視線，朝我們走了過來。

「菲娜大人，這次真的非常謝謝您願意照顧忍。多虧有菲娜大人看著忍，我們才能放心與大蛇戰鬥。」

櫻握著菲娜的手道謝。

相對之下，菲娜突然被尊稱，慌了起來。

「請、請叫我菲娜就好。我沒有那麼了不起，所以請叫我菲娜吧。」

菲娜用力揮揮手，請她更改稱呼名字的方式。

「那我就叫妳菲娜吧。也請妳叫我櫻就好。」

「呃，櫻大人？」

因為我說櫻的母親原本是王室成員，菲娜於是這麼尊稱櫻的名字。

「妳是優奈大人的朋友。可以的話，希望妳直接叫我櫻。」

「呃，可是……」

菲娜用求助的眼神看著我。雖然是過去式，但要用名字直呼與王室有關的人，她好像還是很猶豫。

「菲娜好像沒辦法用名字直呼曾經是王室成員的櫻，所以能用別的稱呼嗎？」

「雖然我的舅父是國王，但我並不是王室成員。我與菲娜同樣是一般人。」

我不太清楚詳情，但根據嫁入的家庭，王室成員也會變成一般人。現在櫻就以巫女的身分生活著。

不過，對菲娜來說，她還是跟王室成員沒有兩樣。

「如果妳不想直呼她的名字，叫她『小櫻』就可以了吧？露依敏也是這麼叫的。」

露依敏對櫻都是這麼稱呼的。

雖然這不太適合稱呼地位比自己高的人，但比起直呼名字，加上「小」或許比較容易叫出口。而且她們彼此都還是小孩子，我覺得不必想那麼多。

「小櫻嗎？好的，既然這樣，我可以叫妳小櫻嗎？」

「只要妳願意，請儘管這麼叫。」

櫻有點高興。

然後，忍說想確認大蛇，所以我收拾了熊熊傳送門，回到大蛇所在的地方。

穆穆祿德先生與我錯過了回去的時機。

「就算親眼見到，我還是難以置信。那隻傳說中的大蛇竟然被打倒了。」

「好巨大。優奈姊姊和露依敏小姐竟然跟這麼巨大的魔物戰鬥過嗎？」

菲娜仰望已經死去、動也不動的大蛇。

「這也算是因緣際會啦。」

「我沒有戰鬥喔。我只是幫忙爺爺，對魔法陣灌注魔力而已。」

露依敏說得若無其事，但她所在的地方距離風之大蛇最近，建築物也因戰鬥而損壞，是很危險的地方。

「不，如果露依敏小姐沒有幫忙，我們一定會很辛苦。非常感謝妳在那麼危險的狀況下，持續灌注魔力。」

跟我有相同想法的櫻開口說道。

「我沒做什麼值得道謝的事啦，只是灌注魔力而已。」

「不，同樣對魔法陣灌注魔力的我很清楚。地面不斷搖晃，外面還有巨大的聲響傳來，一個人持續灌注魔力是很可怕又令人不安的事。如果沒有熊急大人陪在我的身邊，我應該會怕得被自己的不安壓垮。不過，這或許是因為我的內心太脆弱了吧。」

「嗯，我也是有熊緩跟我在一起，才能努力到最後。所以，我可以理解小櫻的心情。」

聽到兩人這麼說，熊緩與熊急高興地發出「「咿～」」的叫聲。

熊緩與熊急好像成了兩人的心靈支柱。回去之後，我可要好好慰勞牠們一下。

我打算跟牠們一起洗澡，幫牠們搓洗身體，再餵牠們吃蜂蜜。

忍靠近大蛇確認。

「牠應該不會再動了吧？」

「別擔心。魔石已經取下，生命跡象也停止了。牠不會復活的。」

「可是，這麼巨大的魔物竟然光靠優奈和篝大人就打倒了。牠很弱嗎？」

「妳在說什麼傻話？當然很強了。大蛇吐出的火焰會焚燒樹木，大蛇引起的風會將樹木砍斷。岩之大蛇會從口中吐出岩石，水之大蛇會用水流將樹木沖垮。這座島也受到相當大的傷害。」

的確，雖然水之大蛇熄滅了森林的火勢，但還是造成了一定的災害。大蛇所在的地方與受到攻擊的地方受損得相當嚴重。

「能打倒牠都是多虧了小姑娘。妾身一開始還不認為這種小丫頭會是希望之光，但她毫無疑問是希望之光。」

「是的，優奈大人正是希望之光。」

「嗚嗚，我也好想看看優奈戰鬥的樣子喔。」

忍失去了意識，這也沒辦法。

我望向菲娜，發現她正看著大蛇。她該不會是想肢解大蛇吧？

「菲娜，妳想肢解牠嗎？」

「咦，肢解嗎？」

「妳沒有肢解過大蛇吧？」

「沒有。就連爸爸也沒有。而且這麼大的東西，我沒辦法肢解。」

「追根究柢，真的有人肢解過大蛇嗎？恐怕沒有吧。」

這個世界很寬廣，就算有好幾隻大蛇也不奇怪。

又或者，打倒之後還會在某處復活？我光是想像就覺得厭煩。

可是，如果把牠當作一條蛇，那就很接近黑蝰蛇了。

「菲娜，妳如果想要，我會請人家給我的。」

只要我開口，或許至少能拿到一顆頭。

不過，菲娜的回答是「不、不用了」。

看來大蛇沒辦法當作伴手禮。

我根本不想要蛇，所以就放著不管吧。如果是像篝小姐的尾巴一樣蓬鬆的毛皮，我就會想要了。

「妳為何要看著妾身的尾巴？」

我看著篝小姐的事好像被她發現了。

「那麼，我們可以回去了嗎？差不多要到晚餐時間了。」

「啊，我也該回去幫媽媽的忙了。」

穆穆祿德先生與露依敏這麼說道。

他們倆應該都沒有對家人說要來跟大蛇戰鬥，不回家就有可能讓家人擔心。

「那麼，菲娜，我們也回去吧。」

「妾身就叫妳不准回去了。妳回去的話，妾身會很困擾。妳絕對別想逃。如果妳執意要回去，妾身也要跟著妳。」

篝小姐生氣了。看起來好像小孩子在鬧脾氣。

我本來以為可以自然而然地回去，結果行不通。

「不可以。要是連篝大人都離開了，我該怎麼辦才好呢？」

把事情推給櫻一個人，的確很可憐。

「既然如此，櫻也要一起走嗎？」

篝小姐說得就像是想到了什麼好點子。

「你們到底在說什麼？」

一個人……再加上菲娜的話，共有兩個人聽不懂我們在說什麼。

我對忍說我和穆穆祿德先生想要直接回去的事。

「啊，你們回去的話，我就傷腦筋了。國王陛下會生氣，主要是對我生氣。」

在這群人之中，國王能責罵的人或許就只有忍了。

「對了，乾脆當成是忍打倒的好了。」

「等等，為什麼會得出這個結論？」

「忍，妳可以當英雄喔，可以受到大家的歡迎呢。現在還送大蛇的素材喔。」

我用推銷員的口氣說道。

「我不要！我才不想當英雄呢。我是主人的影子，不能引人注目。」

忍說起很有忍者風範的臺詞。她原本那麼引人注目，現在才這麼說也有點晚了。

「說得也是。若當作是忍打倒的，一切都能圓滿收場。」

篝小姐也贊同我的提議。

「什麼？怎麼連篝大人都說這種話。我失去意識，一醒來就發現一切都結束了耶。我根本沒辦法說明自己是怎麼打倒的啦！」

「這種事，只要統一一套說詞就行了。」

「不行！不要！我絕對不答應！」

世界上明明有些人會把他人的功勞占為己有，忍卻不一樣。

不過，太大的功勞如果超過自己的能力範圍，也是會不堪負荷的。

「那麼，就這麼辦吧。只能對蘇芳使用契約魔法，對他坦承一切了。」

「對國王陛下使用契約魔法嗎？」

「呵呵，妾身掌握了那傢伙的把柄，這點小事不成問題。優奈與穆穆祿德也可以接受吧。妾身會交代他別把事情鬧大。所以，你們就再多留一陣子吧。」

如果能對國王使用契約魔法，確實能保守許多祕密。可是，人家是國王耶。照理來講，他應該不會使用可能有危險的契約魔法吧。

「如果國王拒絕怎麼辦？」

「到時候，妾身也會跟你們一起離開這個國家。」

「篝大人！」

「畢竟妾身已經沒有理由留在這個國家了。」

「怎麼這樣……」

「所以，終究還是要看蘇芳。好了，忍，快聯絡他吧。」

「請等一下。其實我在跟魔物戰鬥之前，就請嗶助聯絡國王陛下了，所以沒辦法馬上聯絡。」

忍從口袋裡拿出某種東西。

然後放到嘴裡一吹。

笛子？

「這麼一來，嗶助過一陣子就會回來了。到時候，我會再重新聯絡國王陛下的。」

「嗶助？」

「那是忍的鳥的名字。」

原來那種笛子是鳥笛啊。

吹響笛子之後過了一陣子，一隻黃綠色的小鳥 飛了過來。忍伸出手，小鳥便停在她的手上。

「你終於回來了。」

忍用手指溫柔地撫摸小鳥的頭。

「好可愛。」

菲娜看著停在忍手上的小鳥。

「妳要摸摸看嗎？」

「可以嗎？」

「妳照顧過我，所以沒關係。我寫信的期間，請妳稍微看著牠。」

忍對菲娜伸出手，小鳥便飛到菲娜的手上。菲娜用小小的手指撫摸小鳥的頭，小鳥便舒服地閉上眼睛。菲娜露出高興的表情。

這個時候，熊緩與熊急靠近了菲娜，應該不是我的錯覺。

就算不跟小鳥比較，熊緩和熊急也很可愛。

「所以，請國王陛下來到這座島就可以了嗎？」

忍拿著小紙條與筆，這麼確認。

「是啊，妾身等人去城堡的話，可能會引起騷動。就請他前往島上的碼頭吧。」

忍按照篝小姐的指示，在小紙條上寫字。

「可是，國王願意來到島上嗎？」

他可是一國之君。

就算我們叫他來，他應該也沒辦法輕易過來吧。

「如果他不來，妾身就把一切都交給忍，離開國家吧。」

聽到篝小姐說的話，忍再度動起寫完字的手，補上某些內容。

然後，她把紙捲起來，靠近菲娜手上的小鳥，將紙放進牠脖子上的筒子。

「那麼，拜託你了。」

忍這麼一說，小鳥便從菲娜的手上起飛。菲娜一直注視著小鳥的身影。

「牠真的會飛到國王那裡嗎？」

「只要國王帶著魔石，牠就會飛到那裡。」

「魔石？」

據說小鳥的筒子上裝著小小的魔石，而魔石的另一半就在國王的手上。

小鳥好像會沿著同一顆魔石的魔力飛去。

「所以，只要更換嗶助脖子上的筒子，就能讓牠飛到別的地方。」

「其中一個在我這裡。」

櫻從衣服裡掏出戴在脖子上的項鍊，拿給我們看。項鍊的前端掛著小小的魔石。

「好厲害。」

「這可不是簡單的事，需要特訓的。因為要從小訓練牠，牠才會對魔力有反應。」

不論是什麼動物，要訓練不會說話的動物都是很辛苦的。不過，熊緩與熊急聽得懂人話，所以一教就會。

「牠可以飛多遠的距離？」

「太遠就沒辦法了。可是，從這裡飛到城堡還沒問題。」

嗯，說得也是。我想牠應該不可能從這裡飛到克里莫尼亞。想到這裡，我就覺得莎妮亞小姐的召喚鳥很厲害。

兩者的體型完全不同。莎妮亞小姐的召喚鳥就像老鷹一樣。被拿來跟牠比較的話，忍的嗶助就太可憐了。

「那麼，妾身等人也前往碼頭吧。」

「碼頭？」

「這座島只有一處碼頭。在那裡等待，他就會過來了。」

「可是，既然要去碼頭，就表示船上的人會看到我們吧。」

就算國王要來，也不會一個人來。船上應該有船員、護衛等各式各樣的人。如果被那些人看到，就很難裝作局外人了。

「可以的話，穆穆祿德先生也不想把事情鬧大吧。」

「當然了。」

大家都陷入沉默。其中一個人出聲說道：

「既然如此，拿出優奈小姐的家就好了吧？只要在家裡談，別人就不知道我們在跟誰談些什麼了。」

露依敏用想到好主意的口氣說道。

「優奈大人的家？」

櫻微微歪起頭。

「那是一棟熊熊造型的房子，很可愛喔。」

露依敏的說明讓櫻更疑惑了。

「菲娜也知道嗎？」

「呃，是的。那是非常可愛的熊熊房子。」

菲娜說出跟露依敏相同的答案。

除此之外，確實沒有其他方式能形容。

「熊熊造型的房子……優奈大人，我也想看看。」

櫻有些客氣地拜託我。

可以的話，我實在不想把熊熊屋當作與國王會談的地點。

「怎麼，妳還有那種房子嗎？既然如此，就不必擔心被他人看見了。」

現在該不會已經確定要招待國王進入熊熊屋了吧？

就算如此，我也不太想被別人看見我們在什麼都沒有的碼頭跟國王交談的樣子。

經過一番思考，我決定拿出熊熊屋。

「要是笑出來，我會生氣喔。」

我看著忍。

「為什麼要看我？」

「因為妳是最有可能笑的人。」

「我才不會笑呢。我有這麼不值得信任嗎？」

「沒錯。」

「太過分了。」

我立刻回答，忍便露出鬧彆扭的表情。

雖然有隻狐狸也跟忍一樣有可能笑，但我已經放棄了。

篝小姐騎著熊緩，櫻騎著熊急，其他人則徒步移動。

513 國王前往島上

封印在黎矗思島的魔物——大蛇復活了。

大蛇的身上纏繞著火焰，從口中吐火，焚燒森林。

船上的所有人都啞口無言地看著這一幕。

明明很遙遠，我們卻能感受到牠有多巨大。

櫻沒事吧！

我聽說她騎著熊渡過了海，她逃出來了嗎？

而且，篝呢？那個熊少女呢？

我實在沒想到大蛇這麼早就復活了。

也許我心裡的某個角落一直抱著樂觀的想法吧。

「陛下！有人正在與大蛇交戰！」

船長喊道。

我用手上的望遠鏡觀看。

雖然肉眼看不見，但用望遠鏡就能看到有兩個人影在火之大蛇周圍移動。

其中一個人是篝。另一個黑色的人影是那名少女嗎！

我想起那副黑熊裝扮。

那兩個人正在與大蛇戰鬥嗎？

我對兩人的平安感到安心，但櫻與忍怎麼了？她們倆逃走了嗎？

「能讓船靠近島嶼嗎？」

「明明有大蛇，還要靠近嗎？」

「櫻在那座島上。接到她之後，就馬上遠離島嶼。」

「我們會試試看。不過，若是發現有困難，就請您放棄並返回。」

認識櫻的船長答應了我的魯莽要求。

「知道了，我保證。」

船長回應我之後，指揮掌舵手往島嶼前進。

船開始移動，航向黎聶思島。

船正朝島嶼前進時，突然起了一陣強風。船身大幅搖晃，我立刻抓住甲板的扶手。

「陛下！」

「我沒事。話說回來，發生什麼事了！」

「是大蛇，風之大蛇出現了。」

監視員喊道。

我抬起頭，看見島上又有新的大蛇頭復活了。

牠的身上纏繞著風，使樹木隨之飛舞。

繼火之大蛇後，連風之大蛇都復活了。

「陛下，無法再繼續靠近島嶼了。」

因為風之大蛇引起的風，海上出現大浪，風也吹動船帆，使船身劇烈搖晃。

「但是！」

「再這樣下去，船會沉的。」

但是，那座島上有櫻與忍，以及與大蛇戰鬥的人們。

我什麼都辦不到嗎？就連拯救妹妹的一個女兒都辦不到嗎？

船身大幅搖晃、傾斜，所有人都緊抓著扶手或柱子，我知道他們已經盡力了。

我不能為了一己之私，讓重要的臣子死去。

「立刻離開此處吧。」

櫻，抱歉。

我想起篝、忍，最後浮現在腦海的是那個打扮成熊模樣的少女。優奈，櫻就拜託妳了。

我們在波濤洶湧的海上航行，退到不受風勢影響的地方。

我確認島嶼……發現火之大蛇頭消失了。

我用望遠鏡四處尋找，仍然看不見火之大蛇的身影。

雖然不清楚狀況，但目前只能看見風之大蛇。

風之大蛇周圍有某種東西正在飛翔。

……大狐狸。

「狐狸大人正在與大蛇戰鬥。」

跟我同樣用望遠鏡觀察島嶼的監視員很驚訝。

傳說狐狸曾與大蛇戰鬥。

在風之大蛇附近飛翔的是大狐狸——篝。

我知道篝能夠化身為狐狸。

這件事只有一部分的王室成員知道。

篝，難道是妳打倒了火之大蛇嗎？

大狐狸與風之大蛇的戰鬥還沒有結束。

篝獨自一個人戰鬥。

我沒有看到優奈的身影。也許她已經被火之大蛇殺死了。

大狐狸咬住大蛇的頭。

大蛇一下子搖頭，一下子撞擊地面。可是，大狐狸沒有鬆口。

篝，不要逞強啊。

要是妳死了，那該怎麼辦才好？

妳不是想卸下職責嗎？

我當上了國王以後，還是無法實現妳的願望。

篝，拜託妳別死。

大狐狸彷彿用盡最後的力氣，在身體發出光芒的瞬間，撕裂了大蛇的頭。

於是，風之大蛇倒向地面。

「…………」

大蛇沒有起身。

難道篝打倒了牠嗎？

「陛下！風之大蛇消失了！」

「我知道。」

甲板上的船員發出歡欣鼓舞的聲音。

不管等多久，風之大蛇與火之大蛇都沒有再次現身。

真的打倒了嗎？

不過，好景不常。

岩之大蛇出現，讓所有人陷入絕望。

不過，岩之大蛇一出現便消失，接著又出現了水之大蛇，但水之大蛇也很快就消失了。

因為距離太遠，用望遠鏡也很難看清，但可以看見大蛇周圍有某種黑色的東西。

其他的船員並不知情，那個黑色的東西就是打扮成熊的優奈。她的平安讓我終於放心了。

雖然對付風之大蛇時不在，但優奈打倒了岩與水之大蛇嗎？

難道她們打倒了所有的大蛇頭？

如果是這樣，這個國家就得救了。

我想起櫻所說的希望之光。

「陛下，大蛇被打倒了嗎？」

「我不知道。」

「陛下，請問接下來該怎麼做呢？」

如果大蛇已經被打倒，我就必須救出她們四個人。

與大蛇戰鬥，不可能毫髮無傷。

就算有阻擋男性的結界，還是能進入黎聶思島的港口附近。

只要她們四個人前往港口，我就能確保她們的安全。

「駕船靠近島嶼。」

船員改變船帆的方向，正要朝黎聶思島前進時，監視員叫道：

「陛下，是大蛇。大蛇再次出現了。」

「你說……」

我正要接著說「什麼？」的時候，往島上望去，用肉眼就能看到島上有四顆頭高高聳立。

根據傳說，大蛇具有再生能力。

就連那兩個人也無法打倒牠嗎？

「國王陛下，請撤退吧。大蛇已經完全復活了。萬一大蛇注意到這艘船而追過來，就會將牠引進國內。請在大蛇發現之前下令撤退。」

我能理解這番話。如果這艘船被盯上，我就無法返回國內了。

我不能前往島上。

「……返回港口吧。」

篝、櫻、忍、優奈，抱歉。

船回到了國內的碼頭。為了避免將大蛇引進國內，一艘船也沒有出海。

就算想營救篝等人，也無法派出船隻。即便能接回她們，要是大蛇追上了船，就無法返回國內。

不過，再這樣下去恐怕也是時間的問題。

大蛇或許會渡海，朝這個國家前進。

根據櫻的夢，有許多國民會死去。

牠毫無疑問會來到這個國家。

接下來只能召集魔法師，不計代價地對大蛇發動攻擊，引誘牠離開這個國家。

我正在思考今後的對策時，傳令兵來了。

「已成功掃蕩來自森林的魔物。剩下的魔物皆已逃回森林之中。」

「知道了。」

等到魔法師回來之後，我只能對魔法師與船員下達「為國捐軀」的命令。

雖然已經在幾天前傳達過了，但命令部下去死，還是令我感到沉重。不過，我很慶幸不必讓自己的孩子下達這種命令。

我等待著魔法師，命令船員準備出航的時候，一隻鳥從我的頭上飛了過來。

這是忍的鳥嗎？

忍還活著嗎？

我伸出手。

快停下來吧。

鳥在我的頭上繞圈圈，然後停在我的手上。

我伸手打開牠脖子上的筒子。

快點打開。

打開蓋子後，我從筒子裡取出一小卷紙張。

我趕忙攤開捲起的紙張。

「………啥？」

我發出奇怪的聲音。

我的聲音讓周圍的人有了反應。

「國王陛下，請問怎麼了嗎？」

「再出海一次吧。」

「這——」

「不會有事的。」

我下達指示，再次閱讀紙上的內容。

『大蛇已死，全員平安。篝大人與優奈欲與國王陛下商討有關大蛇之要事，請前往黎聶思島碼頭。您不來我就傷腦筋了！』

大蛇已死？

她們打倒了大蛇？

真的嗎？

我不是想懷疑，但實在難以置信。

不過，只要去一趟黎聶思島就知道了。

我命令士兵待命，交代他們暫時不要載魔法師出海，然後搭上船。

可是，她們究竟想談些什麼？

要談事情的話，在城堡也能談吧。

最後一句話到底是什麼意思？

我完全不懂忍為何會傷腦筋。

514 熊熊休息一下

我們來到碼頭。

視野很好。除了碼頭以外，這裡什麼都沒有。

待在這裡，確實可以馬上發現。

「在這裡就可以了嗎？」

「可以。」

我向篝小姐確認，然後在碼頭附近拿出熊熊屋。

一看到熊熊屋，所有人都各自有了反應。

「好、好可愛。」

櫻露出閃閃發亮的眼神，看著熊熊屋。

「是熊啊。狐狸比較可愛吧。」

「「咿～」」

熊緩與熊急搶在我之前反駁了。

「你們熊當然很可愛。不過，狐狸更可愛。熊是第二名。唯獨這一點，妾身是不會退讓

的。」

「「咿～」」

熊緩與熊急好像正在說熊是第一名。不過，篝小姐也不願讓出第一名的寶座。

我決定不去理會正在爭論的一人與兩熊。

「不不不，房子的造型就算了，大家不覺得優奈的道具袋很不可思議嗎？裡面竟然裝得下這麼大的房子。」

「畢竟是優奈大人，事到如今也沒有什麼好驚訝的了。忍不也知道優奈大人的祕密嗎？現在只是多了一個祕密而已。」

「是沒錯，但奇怪的是我嗎？」

沒有人否定或肯定這句話。

「好了，那妾身等人就到裡面休息，等蘇芳抵達吧。」

我原以為會笑的篝小姐沒有笑，走向熊熊屋。

我帶著大家踏進熊熊屋。

「雖然有點小，但這房子挺不錯的。」

跟篝小姐所住的建築物相比，她會覺得小也沒辦法。

「優奈，嗶助可能會回來，我可以把窗戶打開嗎？」

「可以啊。」

「國王陛下會來嗎？」

「那傢伙應該會來吧。」

「對了，優奈，我能跟妳借個房間嗎？」

「借房間？」

「我想換衣服。我這副打扮，不方便出現在國王陛下面前。」

忍的衣服沾了血，我也為了療傷而用小刀切開了她的衣服，所以看起來很狼狽。

「那傢伙才不會介意這種小事呢。」

「呃，話是這麼說沒錯，但戰鬥已經結束了，所以我想放輕鬆一點。」

「沒問題。那邊走進去就是浴室，妳可以去那裡換衣服。菲娜，妳帶她去吧。」

「好的。」

「真是幫了大忙。我也要借用一點水喔。」

菲娜帶著忍，朝浴室走去。

「那麼，我來泡茶，大家坐著等吧。」

屋裡有桌子，四周有坐得下三個人的沙發。篝小姐跳上其中一張沙發坐下，櫻就坐在她旁邊。

穆穆祿德先生與露依敏坐在同一張沙發上。

我走向廚房，準備神聖樹茶。

除了菲娜之外的所有人都累壞了，魔力也已經枯竭。

既然如此，現在最適合飲用神聖樹茶。

我覺得比起熱茶，冰冰涼涼的茶更好，所以加了冰塊，端到大家面前。

「這是神聖樹茶嗎？」

穆穆祿德先生喝了一口就發現了。

「因為大家都累了嘛。」

「是啊，累的時候喝這個最好了。」

穆穆祿德先生一口氣喝光了茶。

大家好像也渴了，紛紛將茶一口氣喝光。

我替大家續杯。

「很難想像我們直到剛才都還在跟大蛇戰鬥呢。」

「櫻，妳還好嗎？如果會累，可以去床上睡覺。」

「我沒事。一旦睡著，我大概就起不來了。我要等到舅父大人抵達。」

「不可以勉強自己喔。」

「好的。」

可能是放鬆下來了，大家真的都一臉疲憊。

篝小姐用小小的手拿著茶杯，靠在沙發上喝茶。櫻跪坐在她身旁喝著茶。

過了一陣子，換好衣服的忍與菲娜回來了。

可能是有同一套衣服，忍的裝扮已經變回原本乾淨的造型。

「感覺清爽多了。」

「我泡了茶，忍和菲娜都坐下來喝吧。」

「謝謝妳。」

忍與菲娜也坐到沙發上，開始喝起茶來。

「如果大家餓了，我可以拿些吃的出來。」

「不，我不餓。要是吃了東西，我應該會睡著。」

「妾身也一樣。比起食慾，妾身跟櫻一樣想睡。」

「我也一樣。」

「我也不用了。」

「我也是。」

看來大家的意見都相同。

然後，我們彼此聊天，忍耐著疲勞造成的睡意。菲娜也正在跟露依敏與櫻聊天。

穆穆祿德先生正在跟篝小姐聊天。我跟忍聊天。她向我道謝，還問我是如何變得這麼強的。能回答的問題，我就會回答，無法說明的部分則含糊帶過。

我們各自聊天，忍的小鳥就從窗外飛回來了。

「舅父大人寫了些什麼呢？」

「他只寫了一句『我會過去』。」

忍把小紙條拿給櫻看。

「很像舅父大人會寫的信呢。」

「那麼，我去外面準備迎接國王陛下。大家繼續休息吧。」

忍明明也很累了，卻主動這麼說。

「忍，真的很不好意思。」

「櫻大人不必放在心上。我當時失去了意識，沒有大家那麼累。」

忍也在戰鬥中受了傷，應該很累才對。就算已經癒合，傷口還是會痛，而且流失的血也不會恢復，她卻不讓別人察覺這一點。

就算我叫忍休息，她大概也不會休息，所以我請她至少先喝點冰茶再出門。

忍一口氣喝光我給她的茶，道了謝之後往屋外走去。

然後，當大家因為戰鬥或魔力的消耗而累得不再說話，開始昏昏欲睡的時候，外頭的忍出聲說道：

「有船來了。」

「終於來啦。要是再晚一點，妾身就要睡著了。」

「我也是。」

515 熊熊與國王談話

和之國的國王——蘇芳與忍一起走進熊熊屋。

國王一踏進屋內，便用好奇的目光左顧右盼。篝小姐叫國王坐下。

「別發呆了，快坐下。」

國王聽從篝小姐的指示，在篝小姐對面的沙發上坐下。

「我很想問關於大蛇的事，但可以先說明一下現在的狀況嗎？」

國王看著所有人。這也難怪。有陌生的人物出現在屋裡，他當然會在意了。國王用好奇的眼神看著篝小姐。

「妳是篝嗎？」

「妾身變得這麼小，很可愛吧。」

穿著寬鬆衣服的篝小姐微笑。對此，國王嘆了一口氣。

「妾身與大蛇戰鬥時消耗了過多的力量，如此而已。畢竟大蛇很強啊。」

「這樣啊。對了，現場似乎有幾個我沒見過的人。」

國王看著穆穆祿德先生、露依敏和菲娜。他的眼神讓菲娜縮起了身體。

「請你不要用那麼恐怖的眼神看著菲娜。」

「我並沒有用恐怖的眼神看她。如果嚇到妳了，我道歉。」

「我、我沒事的。」

菲娜雖然這麼說，還是躲到了我的後面。

「所以有人能說明現在的狀況嗎？」

「妾身等人是否會說明，就得看你的態度了。」

「我的態度？」

「首先，最重要的前提是與熊姑娘使用契約魔法。內容是保守她的祕密。如果你不答應，妾身等人就不能說。」

國王一臉疑惑地看著我。

「小姑娘的祕密十分重大。不論是這些人出現在此的事，或是打倒大蛇的事，妾身等人都無法說明。」

篝小姐先瞄了穆穆祿德先生與露依敏一眼，然後把視線轉回國王身上。

「為什麼？」

「妾身等人全都使用了替小姑娘保密的契約魔法。如果違反契約、說出秘密，妾身等人就會死。」

篝小姐瞄了穆穆祿德先生與露依敏一眼。

「所以，妾身等人只能對使用過相同的契約魔法的人說明。如果不必透露詳情，要說明也可以。只不過，幾乎所有的事都不能說。」

「……會死？櫻和忍也締結了契約嗎？」

國王的眼神透出怒氣。

「是的，我們締結了契約。」

「是的，沒錯。」

「篝！妳竟然讓櫻使用可能會死的契約魔法？如果有什麼萬一該怎麼辦！」

國王對篝小姐發火。

「舅父大人，請別這麼生氣。只要不說出口就不會死了。而且雖說會死，也不會當場死亡。那是試圖說出來就會想笑的魔法。不過，如果還是要勉強自己繼續說，最後就會死亡。」

「這麼說來，並不會當場死亡吧？」

「是的，只要不說出優奈大人的祕密就沒問題。就算差點說溜嘴，也不會馬上死去的。」

櫻的解釋平息了國王的怒氣。

也對，聽到自己當作親女兒看待的櫻使用了或許會死的契約魔法，他當然會擔心，也會生氣。

只有菲娜露出一頭霧水的表情。對了，因為只有菲娜沒使用契約魔法，所以她聽不懂大家在說什麼。

「那是非常重大的祕密嗎？」

「是的，千萬不能被其他人知道。我就是這麼認為，才會締結契約。所以，使用了契約魔法的我們不能告訴舅父大人。」

除了我跟菲娜以外的人因為契約魔法的關係，不能說出熊熊傳送門的事。

「如果我叫你們解除呢？」

櫻搖搖頭。

「優奈大人為了打倒大蛇，對我們透露了祕密。我不會背叛她的恩情。而且，我認為這是我與優奈大人的連結。」

「妾身也一樣。小姑娘已經作出相應的回報。因為大蛇已經被打倒就解除，未免太任性妄為了。正如櫻所言，只要不說就不會有問題。」

「優奈救了我們的命，我們不能背叛她。」

國王看著三人，三人也筆直望著國王。

「讓我確認一下，只要不說出優奈的祕密就不會死吧？」

「這一點我可以保證。」

穆穆祿德先生代替篝小姐答道。

「你們真的打倒了大蛇，而不是封印嗎？」

「沒錯，打倒了。隨著大蛇的復活，妾身用來阻擋男人的結界也已經失效。你可以親眼確

認。」

「……知道了，我也會締結契約。」

國王如此回答。

「真的可以吧？」

「我一出生就認識妳了。既然籌認為有必要，那就確實有必要。快點把事情辦完吧。」

「我本人這麼說好像有點怪，但真的可以嗎？」

「妳希望我把祕密說出去嗎？」

我搖搖頭。

「可以的話，我希望你不要對任何人說。」

「既然如此，我會締結契約。身為國王，我必須了解一切。即使有必要締結賭命的契約也一樣。」

「我覺得國王不應該賭命。」

「只要不對任何人說就不會死吧。」

「是沒錯啦。」

「那就沒問題了。快點準備締結契約吧。」

穆穆祿德先生從道具袋裡取出畫著魔法陣的地毯，鋪在地上。然後，國王按照穆穆祿德先生的指示，把手放到畫著契約魔法陣的地毯上。

我也跟國王一樣，把手放到地毯上，執行契約魔法。

「保守我的祕密。」

魔法陣發出刺眼的光芒，契約就完成了。

「好了，該從何說起呢？」

「全部，從頭開始說吧。」

篝小姐按照順序，開始說明。

幾百年前協助封印大蛇的精靈冒險者就是穆穆祿德先生，而他同時也是我的熟人。然後，我們為了借助他的力量，請他來到黎聶思島。

「等等，我開始搞糊塗了。妳說幾百年前封印大蛇的人就是這名精靈？」

國王看著穆穆祿德先生。

「妾身跟你說過，封印大蛇時有冒險者曾經出手相助吧。」

「是啊，我從小就聽過這件事。」

「當時出手相助的其中一名冒險者就是你眼前的穆穆祿德。」

國王用難以置信的眼神望著穆穆祿德先生。

「假設熊姑娘確實認識數百年前的英雄好了，她又是怎麼把對方帶到這裡來的？據妳所言，根本沒有那麼多時間吧。我可沒接到她與精靈一起行動的報告。」

國王轉頭看著忍。

「不，他們沒有一起行動。優奈是一個人。」

「既然如此，就無法說明此人——穆穆祿德出現在這裡的事實了吧。」

篝小姐看著我。

國王已經使用了契約魔法。所以，我也要遵守承諾。

「這件事也是祕密，所以請不要跟任何人說喔。」

我拿出熊熊傳送門。

「這是什麼？」

「據說是連接門與門的魔導具。只要將另一扇門放在別的地方，就能前往該地。」

「那種魔導具——」

我打斷國王說的話，開啟熊熊傳送門。打開的門連接著精靈森林的熊熊傳送門，從門內可以看見一片森林。

國王用難以置信的眼神看著門內。

「她就是透過這扇門，將穆穆祿德帶來的。旁邊那個女孩是穆穆祿德的孫女，她與穆穆祿德一同前來，協助阻止了大蛇復活。」

突然被看著，露依敏微微低了一下頭。

「然後，穆穆祿德協助強化結界，一次讓一顆大蛇頭復活，再由熊姑娘與妾身打倒。只不過，妾身只打倒了風之大蛇。其餘的火、岩、水之大蛇都是小姑娘一個人打倒的。」

「等等，妳說照順序？雖然我有確認到火、風、岩、水依序消失，但最後也看見大蛇的四顆頭全部都復活了。」

啊，國王說的一定是最後再生的大蛇。牠身上沒有火或風，就只是普通的蛇。

「你都看見了嗎？」

「我從船上看見的。妳化身為狐狸，與風之大蛇戰鬥的樣子，我也有看見。」

篝小姐開始解說國王看見的大蛇。

她說我們打倒了火、風、岩、水之大蛇頭，最後解除本體的結界時，所有的大蛇頭都再次復活了。可是，我打倒了復活的大蛇。

國王用難以置信的表情聽著這番話。

「這是大蛇的魔石。」

篝小姐將取自大蛇體內的無色魔石放到桌上，證明自己說的話。

「除了這個魔石以外，每顆頭也都各有魔石。」

看樣子，我是不是也應該拿出來呢？

篝小姐轉頭望著我，所以我也只好拿出取自大蛇頭的四個魔石。

國王用難以置信的表情看著我與大蛇的魔石。

「大蛇很弱嗎？」

「你認為帶有這麼大的魔石的魔物會弱嗎？過去為了封印大蛇，有許多人死去，你還認為牠

很弱嗎？」

篝小姐可能是對國王的發言感到氣憤，加強了語氣。

自己費了那麼大的力氣才打倒大蛇，沒有戰鬥的人卻說牠很弱，也難怪篝小姐會生氣。

「抱歉，因為我實在是不敢相信。」

國王站起來，對我們低頭。

「身為這個國家的國王，我要鄭重向你們道謝。感謝你們救了這個國家。」

「妾身只不過是盡了自己的職責。」

「我也只是做了自己能做的事。」

「我也只是完成了過去沒做完的事。」

篝小姐、我、穆穆祿德先生紛紛答道。

「感謝你們。」

國王再次表達謝意。

國王重新環顧屋內，望向我身旁的菲娜。

「那麼，這個女孩是？她好像不是精靈。」

「這孩子叫作菲娜。大蛇復活之前有飛龍和紅喙鴉來襲，當時忍因為戰鬥而受傷了。我們正在跟大蛇戰鬥的期間，就是她照顧了失去意識的忍。」

我這麼說明關於菲娜的事。

「……我是菲娜。」

菲娜微微低頭行禮。

國王先看了菲娜一眼，又將視線轉向忍。

「忍，妳受傷了嗎？」

忍已經換了衣服，所以外表看不出來有受傷。肩膀的傷與臉上的傷已經治好了，應該沒有留下什麼嚴重的傷勢。

「雖然還有點痛，但我沒事。另外，因為當時的戰鬥，我的衣服變得破破爛爛的，所以我已經換過衣服了。」

忍抓住自己的衣服。

「這樣啊，沒有受什麼大傷就好。總是給妳添麻煩了。」

她原本傷勢很重就是了。

「這只是因為我能力不足。」

因為人手不夠，連熊緩與熊急都加入了戰鬥的行列。

「不過，原來大蛇呼喚了飛龍和紅喙鴉到島上。原因果然在此。」

「發生了什麼事嗎？」

國王說當時有來路不明的魔物正要往島上前進的事。

「因此，我們晚了一步採取行動，沒能及時召集魔法師。」

「對了，原本預計與大蛇戰鬥的那些女人怎麼了？她們沒有來到島上。如果她們有來，戰況或許會多少輕鬆一點。」

篝小姐這番話讓我想起來，國王好像確實說過，他們召集了要與大蛇戰鬥的女性。

正如篝小姐所說，如果她們有來到島上，櫻和露依敏或許也就不必那麼拚命了。

國王有些難以啟齒地開口說道：

「她們一度搭船到島嶼附近，但一見到大蛇就喪失戰意，拒絕登島了。」

「……啥？」

換句話說，就是沒有派上用場。

「也對，看到大蛇那個樣子，只有笨蛋會想跟牠戰鬥。」

篝小姐這句話是在說我嗎？

「否則，就是知道自己能打倒牠的強者。」

說著，篝小姐望著我。

看來我不是笨蛋，而是強者。

「竟然有人能讓篝說出這等評語。」

「就連親眼見過的妾身都難以置信。沒有見過小姑娘的戰鬥，你是不會懂的。」

「我也好想看看喔。」

忍失去了意識，一直待在我家直到與大蛇的戰鬥結束為止，所以沒有看到戰鬥過程。

「對了，妾身想拜託你，不要公開妾身等人這次擊退了大蛇的事。」

「為什麼？既然你們真的打倒了大蛇，就沒有必要隱瞞吧？」

「懶得引起騷動、不想引人注目。有很多種說法，大概就是這些。妾身等人想過著悠閒的生活。這就是在場所有人的心聲。」

篝小姐看著我們。

我和穆穆祿德先生微微點頭。

「可是，不說出優奈大人、篝大人、穆穆祿德大人的事，真的能讓眾人信服嗎？」

「如果不行，就當作是忍打倒的吧。」

「我就說了，為什麼要這樣啦～我才不要呢。」

篝小姐說的話讓忍大叫。

大家都看著忍，笑了出來。

「我知道了。雖然目前不知道情況會如何，但我會盡我所能的。」

「真的嗎？」

「不過，你們真的可以接受嗎？你們救了一個國家。我也能以英雄的名義歡迎在場的所有人。」

國王掃視大家。

「我不想要那種東西。」

「妾身也是。」

「我也是。」

「我也不想要。」

「我只是稍微幫了一點忙。」

「我沒有跟大蛇戰鬥。」

除了菲娜以外，參與這件事的所有人都這麼答道。

「不過，還是讓我答謝你們打倒大蛇的壯舉吧。」

「妾身不想要什麼錢，只想過著悠閒的生活。啊，不過妾身願意收下酒錢喔。」

「別用那副模樣提到酒的事。那麼，穆穆祿德，包含過去的事在內，我想向你表達謝意。如果我能做些什麼，請你告訴我。」

「我只是完成了過去沒做完的事。而且打倒大蛇的是小姑娘。不過，如果要答謝我，以後這孩子想去找櫻玩的時候，希望你能允許她們見面。」

穆穆祿德先生把手放到身旁的露依敏頭上。

「舅父大人，我今後也想跟露依敏小姐見面。」

「知道了，我會允許的。」

這句話讓露依敏與櫻露出高興的表情。

「那麼，優奈，昨天見面的時候，妳曾說過就算打倒大蛇，妳也不要金錢或地位，想要在打倒大蛇之後重新提出要求吧。」

原來國王還記得。

我當時打算要求一棟會湧出溫泉的房子。

「我能實現妳的什麼願望？既然妳不想要金錢或地位，我能為妳做什麼？」

「這個嘛，我想要能蓋房子的土地。」

「土地嗎？」

「雖然跟剛才穆穆祿德先生說的話無關，但我想蓋一棟房子來放這扇門。要是沒有這扇門，我就不能自由往來了。」

放置熊熊傳送門是最重要的目的。

可以的話，我希望是會湧出溫泉的地方。

「妳說的房子，該不會是這棟熊造型的房子吧？」

「所以，我希望是個不顯眼的地方。其實普通的房子也可以，但我希望是會湧出溫泉的房子。」

「可以興建這種熊造型房子的土地，或是有溫泉的房子是吧。我知道了。我會調查是否有什麼好地點。」

我或許能得到一棟附溫泉的房子。

「沒有其他要求了嗎？」

「國王願意使用契約魔法就很夠了。如果我以後有用門來到這個國家，希望你可以幫我掩飾一下。」

「我知道了。如果還有其他要求，儘管告訴我吧。」

只要他願意隱瞞傳送門的事，那就足夠了。我可以來這裡見櫻。相反地，我也能帶櫻前往精靈村落。

516 熊熊返回克里莫尼亞

「請問，優奈小姐，溫泉是什麼？」

我正想著在和之國蓋房子的事時，露依敏這麼發問了。露依敏似乎不知道什麼是溫泉。

「溫泉就是從地底下湧出的熱水。」

「地底下會湧出熱水嗎？不是泉水？」

「是熱水，也就是天然的洗澡水。溫泉可以消除疲勞，有益健康。」

溫泉當然也有各式各樣的種類，所以無法一概而論。

應該也有人會說想要消除疲勞的話，靠白熊服裝就行了，但那跟泡澡是兩回事。泡澡或泡溫泉可以消除心靈上的疲勞。

「地底下會湧出熱水……」

露依敏開始思考。她好像對溫泉有興趣。

「那麼，等到事情平息，下次要不要大家一起去泡溫泉？」

去心葉工作的旅館住宿也不錯，如果國王給我一棟附溫泉的房子，我們也可以住在那裡。

「真的嗎？」

「嗯，菲娜當然也可以一起來。」

我說的話讓露依敏與菲娜很高興。

「事情好像都談妥了呢。我們也差不多該回去了。小姑娘，可以請妳開門嗎？」

穆穆祿德先生從座位上起身，露依敏也站了起來。

「穆穆祿德先生，謝謝你喔。」

「我才要向妳道謝。能完成過去沒做完的事，真是太好了。」

雖然你原本忘了這件事。

「露依敏小姐，請隨時來玩，我會歡迎妳的。」

「好，我會來的。」

「到時候請跟我聊聊精靈村落的趣事。」

「我也想知道關於小櫻的國家的事。」

「好的，到時候一起聊聊吧。」

兩人微笑。

「穆穆祿德，這次受你照顧了。」

「別放在心上。而且這次大功臣是熊姑娘。我做的事情沒什麼大不了的。」

「她真的是個不得了的小姑娘，竟然幾乎一個人打倒了大蛇。」

這並不是只靠我一個人的力量。如果一開始就面對完整的大蛇，我就無法這麼輕易地打倒牠了。光是想像就知道牠是個難纏的對手。穆穆祿德先生、露依敏和櫻抑制了牠的復活，而篝小姐打倒了我不知該如何對付的風之大蛇。

「另外，就跟你的孫女一樣，你也要偶爾來拜訪。不，妾身過去找你也不錯。到時候記得準備酒啊。」

這番話的意思是要使用我的熊熊傳送門吧？

好吧，如果我有空就無所謂。

我打開熊熊傳送門，穆穆祿德先生就率先走了進去，露依敏則揮著手走進熊熊傳送門。櫻與菲娜也揮手回應她。

「我之後會過去收拾，你們先別管門喔。」

我關上熊熊傳送門。

「那麼，菲娜，我們也回去吧。」

「怎麼，妳也要回去了嗎？」

「待在這裡好像會被捲進麻煩事，所以我要回去了。而且你們不是還要忙著替大蛇的事善後嗎？」

「關於這件事，我能暫時保管這些魔石嗎？」

國王看著放在桌子上的大蛇魔石。

「我想借用這些魔石，作為打倒大蛇的證明。可以的話，希望妳願意讓給我。當然了，我會

準備相應的報酬。」

綠色的魔石是屬於篝小姐的。不過，其他的魔石姑且算是我打倒大蛇才拿到的東西。

但是，我也能理解國王的心情。大蛇是過去差點毀滅和之國的魔物。篝小姐長年守護其封印。這種魔物的魔石，國家當然會想要了。

「當然了，妳不必馬上答覆。如果妳不願意讓出，我會還給妳。不過，希望妳能暫時借給我。」

「沒關係，送給你吧。」

我說的話讓所有人都很驚訝。

「優奈大人，真的可以嗎？這是優奈大人打倒大蛇的證明呢。」

「反正我不打算張揚自己打倒大蛇的事，所以沒關係。」

只不過，身為前遊戲玩家，我也會想要有價值的魔石，但我認為大蛇的魔石應該歸這個國家所有，而不是我。

「真的可以嗎？」

「沒關係。所以，你要遵守約定喔。」

「嗯，當然了。」

我們同樣談到了大蛇的素材，我決定收下一部分。

我只要能拿到一部分的大蛇素材就夠了。

「所以妳什麼時候會回到這裡？我想在那之前完成準備。」

「你們接下來會很忙吧。等情況穩定下來，我就會來了。」

「就算妳這麼說，要如何聯絡？鳥可飛不到妳那裡。」

請那隻小鳥飛到克里莫尼亞就太可憐了。

我稍微想了一下，望向櫻。

「櫻，這個給妳。」

我將熊熊電話交給櫻。

「我可以拿嗎？」

「嗯，雖然不能直接跟露依敏說話，但可以跟我說話。如果有什麼事，就用這個聯絡我吧。」

「好的，我知道了。」

櫻高興地用小小的手緊握熊熊電話。

「那隻熊是什麼？」

「是可以跟遠處的人對話的魔導具。大蛇的事處理好之後，只要請櫻轉達一聲，我就會回來了。」

我也有可能提早回來就是了。

「竟然有這種魔導具？」

國王想伸手去拿櫻手裡的熊熊電話，但櫻把熊熊電話抱在懷中。

「不可以跟櫻搶啦。」

我先是這麼告誡，然後教櫻使用熊熊電話，再跟國王說熊熊電話的事也是祕密。

「對了，篝小姐，這座島上有放置這扇門也不容易被發現的地方嗎？我想暫時放在這裡。」

我看著放在房間裡的熊熊傳送門問道。

「既然如此，就放在妾身的家中深處吧。那裡只有伺候妾身的人會進入。而且由於這陣騷動，想必暫時不會有人來了。蘇芳，你暫時不必派人伺候妾身了。」

「怎麼，妳要留在島上嗎？」

「現在妾身搭上船，恐怕會引起騷動吧。」

「那麼，我會讓櫻搭船回去，妳打算怎麼辦？」

國王這麼詢問忍。

「等一下會有先遣隊到島上吧。既然如此，我就一定要留下來吧？」

「妳不休息沒關係嗎？」

「我當然想休息了。可是，篝大人變得這麼可愛，總得有人留下來接應吧。」

「妳願意留在島上就太好了。」

「啊，可是，這件事結束之後，請讓我放長假吧。我想要休假。」

「我知道了，妳想休息多久都行。」

「說定了喔。」

忍爭取到假日，露出高興的表情。

「那麼，我該走了。優奈，這次受妳照顧了。我真的不知道該怎麼感謝妳才好。身為這個國家的國王，我要鄭重向妳道謝。謝謝妳。」

國王筆直望著我道謝，然後走出熊熊屋。

「優奈大人，真的很感謝您。優奈大人是真正的希望之光。我真的很高興能認識優奈大人。」

「「咿～」」

熊緩與熊急叫了一聲，就像是對櫻問道：「那我們呢？」

或許是聽懂了熊緩與熊急想說的話，櫻抱住熊緩與熊急。

「熊急大人與熊緩大人對我來說，當然也是希望之光。謝謝兩位。」

「「咿～」」

櫻也跟著蘇芳王走出熊熊屋。我從窗戶的縫隙望外看，等船離開這座島。

「那麼，我要把房子收起來了。」

我帶菲娜、篝小姐和忍走到外頭，收起熊熊屋。

「那麼，在船來之前，我要再去確認大蛇一次。優奈，真的很謝謝妳。感謝妳拯救了櫻大人。」

忍對我深深低下頭。

我也很慶幸能消除櫻的惡夢。

她今天睡覺時應該不會再作惡夢了。

「那麼，我還會再來的。」

「我們等妳。也謝謝菲娜。」

「不會，幸好忍小姐的傷勢並不嚴重。」

「熊緩與熊急也幫了大忙。」

「「咿～」」

熊緩與熊急高興地叫道。

忍對大家道謝，然後朝森林裡跑去。

剩下的我們為了設置熊熊傳送門，往篝小姐的家移動。

「這是……」

「怎麼回事啊～妾身的家毀了。」

篝小姐的家崩塌了。

畢竟，島上發生了我們與大蛇的戰鬥。大蛇會噴火、颳風、造岩、吐水。就算其中一次攻擊打中了篝小姐的家也不奇怪。

一棵樹插進了篝小姐的家。看起來就像是風之大蛇砍斷了樹木，然後吹到這裡來。

沒有被火燒掉，或許還算是運氣好的。

「妾身的家……」

篝小姐很沮喪。

不論是誰，自己家被毀都會沮喪。

「這下子得請蘇芳替妾身重蓋一棟房子了。」

「篝小姐，大蛇明明已經死了，妳還是要住在這裡嗎？」

「……！」

我說的話讓篝小姐露出驚訝的表情。

「妾身長年住在這裡，所以什麼都沒有想過。妾身確實已經沒有必要待在這裡了。」

篝小姐看著半毀的房子，這麼說道。

她要去住在櫻那裡嗎？

「可是，這樣就沒地方可以放熊熊傳送門了，還有其他地方嗎？」

「不論是哪個地方都是同樣的狀況吧。放在何處恐怕都一樣。」

要回到有城市的地方，從現在開始尋找熊熊傳送門的設置地點嗎？

不，我想休息了。

我在損壞的建築物附近拿出熊熊傳送門。然後，我用土魔法圍起四周，簡單隱藏熊熊傳送門。

「那麼，篝小姐，我們要回去了。」

「等等，妳該不會要把妾身如此年幼的孩子丟在這種地方吧？」

篝小姐抱住熊緩，不打算下來。

就算外表是小女孩，內在也是活了幾百年的大人。我是不會受騙的。

「不是我要丟下妳，妳可以請忍聯絡別人來接妳啊？或者是搭上來確認大蛇的船，方法有很多吧。然後再去城堡或是櫻那裡不就好了？」

「妾身豈能以這副模樣去城堡。那裡也有認識妾身的人呢。既然如此，妾身只能去妳家打擾了。」

「為什麼會得出這個結論？」

「妳要對妾身這個戰友見死不救嗎？」

「既然這樣，我來幫妳聯絡櫻好不好？」

我取出熊熊電話。

「她現在可能已經在船上睡著了。妳想吵醒她嗎？」

被國王帶走的櫻的確是一副昏昏欲睡的樣子。

我想起櫻的狀態，就不忍心聯絡她了。

「而且在船上，或許無法使用那種魔導具。那東西不能被任何人知道吧？」

我的選擇愈來愈少。

「如果有魔物來襲，妾身可能會死喔。」

現在的篝小姐確實很脆弱。

「優奈姊姊，小篝好可憐喔。」

菲娜拉著我的衣服。

「把這麼小的孩子丟在這種地方，她太可憐了。」

「哦哦，妳叫作菲娜吧。妳真是個善良的孩子。」

對了，菲娜不知道篝小姐真正的模樣。從菲娜的角度來看，我的行為或許就像是要拋下一個小孩子。

「菲娜，篝小姐雖然看起來像小孩子，但她其實是大人。妳不可以被她的外表騙了喔。」

「大人？」

菲娜看著篝小姐，歪起頭來。

的確，照理來說，大人不可能變成小孩子的模樣。

以年齡來說，她算是老婆婆。

可是，這個情況又該怎麼解釋呢？

如果是有一萬年壽命的生物，幾百歲或許還算是小孩子。

可是，有些動物只要一年就成年了。

這麼一想，就會覺得大人與小孩的界線很模糊。

不過，回想她的胸部就會知道，她肯定不是小孩子。

「妾身以前或許是大人，但現在只是個無力的孩子。妾身要哭了。」

篝小姐裝出哭泣的樣子。

我嘆了一口氣。我已經很累了，想要早點回克里莫尼亞休息。

「只能待一下下喔。」

我跟騎著熊緩與熊急的篝小姐與菲娜使用熊熊傳送門，回到克里莫尼亞。

「呃，優奈姊姊，我可以回去了嗎？」

「嗯，今天謝謝妳。妳幫了大忙。」

我摸摸菲娜的頭，她便露出高興的表情。

「那麼，小篝，下次見。」

「受妳照顧了。」

菲娜踏上歸途。

「那麼，優奈，替妾身準備床鋪吧。其實妾身也已經累得快要睡著了。」

篝小姐在熊緩的背上，一臉疲憊。

篝小姐也很累了呢。

畢竟，她跟飛龍、大蛇戰鬥，甚至使用了變身成大狐狸的殺手　。難怪她會這麼累。

我帶篝小姐前往寢室。

「好了，從熊緩身上下來吧。」

我把篝小姐抱到床上，扶她躺下。同時，我馬上就聽見她發出熟睡的呼吸聲。

看來她並沒有任性，體力真的已經到了極限。

我和熊緩靜靜地走出房間。

然後，我久違地回到自己的房間，換上白熊服裝，抱著小熊化的熊緩與熊急，進入了夢鄉。

熊熊勇闖異世界 19

新發表章節

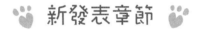

過去篇 篝 之一

妾身不記得自己是從何而來，又是如何出生的。

自從懂事起，妾身就是獨自一人。

可是，妾身懂得說人話，所以或許是被人養大的吧。

妾身與人有些不同。妾身有狐狸般的耳朵與尾巴，成長速度很慢，活得比誰都久。

學會自由隱藏尾巴與耳朵的妾身以自己在夢中被稱呼的名字——篝為名，生活在人們居住的地方。

妾身有時會幫忙務農、經商，有時也會靠著狩獵魔物來賺錢過活。

不過，外觀沒有成長的妾身無法長期居住在同一個地方。妾身反覆過著定居一段時間就離開的生活。

這樣的妾身遇見了一名與魔物戰鬥的少年。少年的口頭禪是「我想成為足以保護弱者的人」。

真是愚蠢。

弱者將這句話掛在嘴邊也沒有意義。

想要保護弱者，自己就必須變強才行。少年很弱小，屬於被保護的人。

不過，少年說自己「必須變強」。

若是放著不管，少年就有可能做出危險的事，所以妾身開始擔起照顧他的職責。

妾身將自己為了求生而學會的戰鬥方式傳授給少年。武器的使用方式、魔法的使用方式、與魔物戰鬥的方式、與人戰鬥的方式。妾身不只教他如何保護人，也教他如何保護自己。如果無法保護自己，想要保護他人根本是痴人說夢。

「即使無法保護眼前的弱者，也要保護下一個弱者。如果你死在這裡，其他的弱者要由誰來保護？再下一個呢？你這一生會遇見的許多弱者又該怎麼辦？你口中的弱者只有眼前的這一個人嗎？只要能保護這一個人，你就滿足了嗎？」

妾身的這番話讓少年啞口無言。

「沒有人能保護世界上的每一個人。你要看清現在的自己與對手的能力有多大的差距。若對沒能保護弱者的事感到後悔，就努力變強吧。你要學著動腦。保護弱者的方法並不只有戰鬥。」

逃跑也是一種方法。

並不是只有打倒對手，才能保護弱者。

然後，除了戰鬥方式以外，妾身也根據自己活到現在的經驗，教導少年如何保護他人。

遇見少年後過了幾年，少年的容貌褪去了稚氣，漸漸變得成熟。

不論經過了幾年，對妾身來說，少年就是少年。

今天預定的訓練已經結束，正當妾身開始考慮離開此地的時候，少年用欲言又止的表情望著妾身。

「怎麼了？」

「篝，我以後可能沒辦法再來這裡了。我有一件事情一直瞞著妳。」

少年用認真的表情說道。

「你是指你身為這個國家的王子一事嗎？」

少年露出驚訝的表情。

「這種事，妾身打從一開始就知道了。」

少年結束訓練後，總是會立刻與妾身分別，不願一同回去。某天，感到擔心的妾身跟蹤了少年，便看見他走進城堡的樣子。經過一番調查，妾身得知他是這個國家的王子。

妾身得知這個事實後，決定保密。

既然少年不願說出口，妾身就不會質問他。妾身也同樣有祕密。

「妳早就知道了嗎？」

「是啊。」

「不只是劍術和魔法，我也一直在學習處理國政，接下來就要正式跟在父親身邊學習了。」

「畢竟有些事情不是在書桌前念書就會懂的。」

「我必須保護這個國家的國民。」

他在自己的口頭禪中加入了國民這個詞彙。

「這樣啊，雖然會有些寂寞，但也沒辦法了。」

現在也差不多到時候了。妾身在這個地方待了太久。

「所以，篝，我希望妳跟我一起去城堡。」

「你說什麼？」

意料之外的發言讓妾身很驚訝。

「你該不會是愛上妾身了吧？」

少年笑了一下，然後搖搖頭。

「我把妳當作姊姊看待。我犯錯時，妳會糾正我。我做了正確的事，妳就會讚美我。不過，城堡裡沒有人會責罵我。不管我做什麼，他們都只會奉承我。我希望妳能引導我走上正確的道路。」

他總是把保護弱者掛在嘴上。妾身經常訓斥他，要他務實一點。

少年的邀請讓妾身很高興，但妾身辦不到。

妾身搖頭回應少年的邀請。

「妾身沒有那種能力。而且，妾身差不多該離開此地了。你要成為一個了不起的國王。」

妾身撫摸少年的頭。

當初相遇時，妾身比少年高，但現在少年的身高已經超越妾身了。

「篝，妳直到最後還是不願意跟我坦白妳的祕密啊。」

「……！」

「篝，妳從初次相遇到現在都沒有變。我一直覺得妳是個很美麗的人。可是，即使我長大了，妳的外表還是沒有成長。」

「你早就發現了嗎？」

自從與少年相遇，妾身就一直維持十八歲少女的外表。

時間的流逝明明已經讓少年成長為青年，妾身卻始終沒變。

「我當然會發現了。就是因為這樣，妳在別人面前才總是戴著兜帽吧。」

妾身上街時總是戴著兜帽，避人耳目。

因為見過這副容貌的人愈多，妾身沒有成長的事情就愈容易曝光。

所以，妾身不會親近他人，也盡量降低交際的頻率。

妾身早就有打算，少年問起這件事的時候，就是與他分別的時候。

「因為妾身不想被你討厭呀。」

「開什麼玩笑！妳說我會討厭妳？這種事，死也不可能發生。妳以為我是那種人嗎？」

少年打從心底感到氣憤。

妾身很高興。可是，事實肯定不是如此。妾身的祕密並沒有那麼簡單。若是得知了真相，少年也會因反感而離開妾身的。

「謝謝你。能聽到這你這麼說，妾身很高興。既然如此，在分別以前，妾身就向你坦白身分吧。」

身在森林中的妾身確認附近，然後在四周做出包圍妾身與少年的土牆。

然後，妾身背對少年，脫下衣服。

「妳在做什麼！」

少年閉上眼睛，一臉害羞。

「你看仔細了。」

妾身的頭上出現狐狸耳朵，屁股則出現長長的尾巴。

少年從手指的縫隙看著妾身。

「耳朵與尾巴……」

「妾身不是人類，而是狐狸。所以，妾身不能答應你的請求。」

妾身這種怪物，不能與少年一同前往城堡。

「那是真的嗎……」

妾身動了動耳朵與尾巴。

「這樣你就知道，妾身為何不能跟你一起走了吧。」

少年緊咬下唇。

希望他放棄的心情與希望他慰留自己的心情在妾身心中搖擺。

只要少年願意割捨妾身，妾身就能離開國家了。

然而，少年說的話出乎意料。

「我不介意這種事。請妳待在我的身邊，扶持我吧。」

即使知道妾身的真面目，他依然這麼說，讓妾身很高興。

「妾身比人類更長壽。停留在同一個地方，就會有人像你一樣起疑。」

妾身過去曾幾度坦白身分，但每個人都說妾身是怪物或魔物。

「只要能隱瞞下去就行了。如果有人起疑，到時候我會處理。篝，妳是弱者。我會保護妳的。」

少年說出初次相遇時說過的話。

「如果你犯了錯，妾身會責罵你喔。」

「嗯。」

「如果你不再聽妾身說的話，妾身就會離開。」

「嗯。」

妾身回過頭。

「好吧，妾身就暫時受你照顧了。」

妾身對少年這麼說，他便說著「妳快穿上衣服吧」，一臉害羞地別過目光。

看來他還是個小孩子呢。

後來過了幾年。

初次見面時的稚嫩容貌已經消失，妾身原本當作弟弟看待的少年已經超越妾身的年齡，成為一個成熟的大人。

少年代替生病的父親，當上了國王。

少年與人類女子結婚，也生下了孩子。

妾身因為美貌而不斷受到求婚，但妾身沒有與任何人結婚。

這也是當然的，因為妾身是狐狸呀。

不過，因為長久待在城堡，所以也有人起疑。

「不管過了幾年，您都還是很美麗呢。」

「我想知道您有什麼祕訣。」

這麼說可能有些孤僻，但妾身或許不該繼續留在城堡裡了。

「妳說妳要離開城堡？」

「沒錯。」

而且，妾身感到身體不適。

最近特別容易睏。

過去，妾身曾沉睡很長一段時間。這次與當時是同樣的感覺。

「妾身得找個地方沉睡。而且，有人正在懷疑不會衰老的妾身。差不多是時候離開了。」

「我知道了。不過，我不能讓沉睡的妳離開我的視線。但我也知道，有人正在懷疑妳。」

「既然如此……」

「我會在城裡準備一棟房子，然後派信得過的人去看守。就算妳要離開這裡，也等妳甦醒之後再離開吧。」

「……好吧，妾身就接受你的好意。」

妾身也想在安全的地方沉睡。

然後，妾身獲得一棟大得足以稱之為宅邸的獨棟房屋，以及一名口風很緊的女傭。

妾身在那棟房子裡陷入沉睡，一年內會甦醒幾次，但又馬上睡著，整整睡了好幾年。

妾身完全甦醒的時候，少年已經罹患疾病，而且活不久了。

他明明可以叫醒妾身的。他明明可以在妾身甦醒時告訴妾身的。

「我不想讓妳擔心。」

「你這個笨蛋。」

他最後的遺言是拜託妾身照顧這個國家與他的兒子。

過去篇 篝 之二

妾身輔佐已逝少年的兒子，已經過了幾年。兒子繼承亡父的遺志，為了成為了不起的國王而努力工作。

妾身維持顧問的立場，也承擔巫女的職責，生活在不同於城堡的其他地方。

理由在於不會老化的容貌。

侍奉先王的重臣們之中，有些人知道妾身這號人物，但妾身的事情屬於機密。

來到城堡的年輕一輩並不知道妾身的事。

容貌長年不變，就會跟過去一樣引起混亂。

所以，只有極少數人知道擁有巫女身分的妾身。

雖說當上了巫女，要做的事情卻很少。

身體不活動就會變得遲鈍，所以妾身會偷偷前往冒險者公會。在那裡，妾身結識了一群有趣的冒險者。

那是精靈、矮人與兩名人類組成的隊伍。

他們說自己在世界各地冒險，最近則是因為偶然搭上船，才會來到和之國。他們似乎沒有什麼目的，只是隨心所欲地旅行。

冒險者們跟妾身聊起自己曾去過什麼樣的國家。妾身非常羨慕他們能遊歷各式各樣的國家。

自從認識了他們，妾身便每天都到冒險者公會報到。妾身沒過多久便被這群冒險者吸引了。

他們短暫停留在這個國家的期間，妾身甚至與他們組成了一支臨時隊伍。

「篝，妳真強。」

「你們也很強啊。最重要的是，你們很習慣戰鬥，而且合作無間。其他冒險者也該向你們多多學習。」

他們比妾身過去見過的任何冒險者都還要強。

「篝，妳好像不習慣跟其他隊友一起戰鬥呢。」

「因為妾身平時總是一個人戰鬥。」

妾身不知道在什麼時機發動攻擊才不會妨礙隊友，也不知道在什麼時機發動攻擊才能幫助隊友。

「有同伴一起戰鬥，或是掩護自己，戰鬥起來就輕鬆多了。」

妾身也曾經這麼想過。

不過，妾身是狐狸怪物。就算在一起，同伴也遲早會老去。

那名當上國王的少年娶了妻子、生了孩子，然後死去。

他生了病，離別時很令人痛心。妾身只得與他人死別。

所以，妾身接受巫女的身分，盡量減少與他人的接觸。

雖然種族不同，但精靈很長壽。妾身曾試著問他，與這些同伴離別是否會讓他感到難過。

「離別很令人寂寞。不過，會感到寂寞就代表這場相遇讓自己很快樂。我不想要因為害怕寂寞，就度過捨棄快樂的人生。只要能笑著道別，就算是分離也會變成好的回憶。」

妾身害怕離別的寂寞，所以始終拒絕與他人交流。

最重要的是，並非精靈的妾身難以說明關於自己的事。妾身很害怕被曾經的同伴稱作怪物。

妾身可能只是想以離別的痛苦為藉口罷了。

幾天後，妾身就會與這些人分別。

妾身或許可以向他們坦白自己的事。

就算被罵是怪物，妾身也不會再見到他們了。

不過，如果他們願意接納妾身的真面目，妾身就能笑著與他們道別。就如精靈所說，這場相遇會成為好的回憶。

妾身坦白了自己的真面目。精靈等人都感到不可思議，但並沒有表現出厭惡的態度。

他們反而很感動。人類女性開始不停地撫摸妾身的耳朵與尾巴。男人們都一臉羨慕地看著這一幕。妾身總不能讓男人觸摸自己。

不過，因為他們的眼神實在太羨慕了，所以妾身讓他們稍微摸了一下耳朵。

每個人都用好奇或不可思議的眼神看著妾身，卻沒有人將妾身視為怪物。

妾身從來沒想過，被他人接納原來是如此令人高興的一件事。

原以為快樂的日子會繼續下去，可惜卻不長久。冒險者們離開和之國的日子愈來愈近了。

雖然令人寂寞，但這場相遇無疑是美好的回憶。

妾身與冒險者們相處，珍惜剩下的時光。

這個時候，冒險者公會接到了緊急聯絡。

這個國家有四座大型島嶼。據說其中一座島上有巨大的魔物出現，破壞了城市。

妾身為了確認，一個人衝了出去，直接飛到巨大魔物出現的島嶼。

那座島上的城市變得慘不忍睹。

房屋倒塌、燃燒，人們倒在街上。

造成這個狀況的巨大魔物還待在城市中。

那是擁有四顆頭的巨大蛇型魔物。

每一顆頭分別帶有火、水、風、岩。

那是傳說中的魔物——大蛇。

火之大蛇頭吐出火焰，焚毀建築物，將人們燒死。

水之大蛇頭吐出水柱，破壞建築物，使人們溺死。

岩之大蛇頭吐出岩石，破壞建築物，將人們壓死。

風之大蛇頭颳起強風，破壞建築物，將人們砍死。

大蛇破壞少年所建立的城市，殺死少年想保護的國民。

妾身無法壓抑心中的怒火，於是採取行動。

「開什麼玩笑！滾出這個國家！」

妾身的吶喊沒有用。

妾身對火之大蛇放出水，就會被水之大蛇妨礙；妾身對水之大蛇放出風，就會被風之大蛇妨礙。就算對風之大蛇發動攻擊，也會被纏繞在牠身上的風阻擋，沒有效果。岩之大蛇非常堅硬，可以彈開任何魔法。

這不是人能夠打倒的魔物。

人只能逃走。

少年明明拜託妾身保護這個國家，妾身卻什麼都辦不到。

妾身帶著無能為力的感受前往城堡，對已逝少年留下的年輕國王報告。

國王已經接獲聯絡，忙於應對這個狀況。

年輕國王以安全為優先，下令疏散國民，但大蛇不斷地破壞城市。更糟的是，大蛇似乎會吸引魔物聚集到自己身邊。

因為大蛇吸引而來的魔物，無處可逃的人遭到殺害。

妾身冒著生命危險去救那些人，卻還是有許多人死去。

即使如此，妾身還是成功讓一部分的人逃走，大蛇卻緩緩追了上來。

大蛇追逐著人，從一座城市移動到另一座城市。

即使搭船逃到其他島嶼的城市，大蛇也會渡海而來。

再這樣下去，直到所有島上的城市都被摧毀為止，災難都不會結束。

大蛇從這個國家消失的時候，或許就是國家滅亡的時候。

年輕國王陷入苦惱。

不過，他沒有答案。

妾身也沒有正確答案。

妾身離開城堡，前往冒險者公會。

冒險者公會陷入了一片騷動。

城裡的居民紛紛提出委託，請冒險者救助其他城市的熟人。

可是，因為無法出海，冒險者們也無法去救助民眾。

而且一旦遇上大蛇，就連自己都會有生命危險。

妾身朝公會裡放眼望去。

他們恐怕不在。

妾身的腦中浮現四名冒險者的長相。

很遺憾沒能與他們好好道別。

不過，他們應該也不願意見到妾身這個將死之人，所以這樣或許也好。

妾身認為繼續待在此處也沒有意義，於是一個轉身，準備走出公會。

「篝？」

不可能出現在這裡的聲音響起。

難道，他們在嗎？

妾身一回頭，便看到曾經短暫地一起戰鬥的冒險者們。

「你們為什麼會在這裡，沒有逃走嗎？當時商船應該還能出港才對。」

僱用他們的商船已經逃走了。剩下的只有國家管理的船隻，以及漁船而已。與他國往來的船隻應該已經一艘都不剩了。

而且，現在港口禁止出海。

「還問為什麼，我們怎麼能丟下妳，自己逃走呢？」

其他成員也點點頭。

「你們是笨蛋嗎？」

「冒險者這麼危險的工作，笨蛋以外的人是做不來的。」

「所以，現在到底是什麼情況？」

妾身向他們說起自己所知的大蛇相關情報。

「牠好像相當龐大。」

「那不是人能打倒的魔物。」

「既然篝都這麼說了，大概沒錯吧。」

「你們應該盡快逃走，別管妾身的。」

「就算只是短期，我們也曾經一起組隊過。我們不可能拋棄同伴的。」

妾身雖然對這份心意感到高興，但也希望他們能逃走。

「不過，即使你們留了下來，還是無法打倒牠。」

那並不是人能夠打倒的魔物。

「既然無法打倒，恐怕只能封印了吧。」

精靈說出了驚人之語。

「封印？那種事真的辦得到嗎！」

「要問辦不辦得到，答案是有可能。只不過，有許多條件。」

「什麼？條件是什麼！」

妾身抱著死馬當活馬醫的心態，質問精靈。

「條件是魔物的力量被削弱。除此之外，還需要沒有人會靠近的寬敞地點。據說魔物會因為瘴氣、負面能量而變強。即使成功封印，如果有人靠近，封印也會因為人的負面情感而漸漸解除。」

妾身開始思考。沒有人會靠近的地點……

和之國中央有一座小島。
妾身拿出和之國的地圖。
這座島沒有人居住，而且鮮少有人接近。
只要請國王禁止人們進入即可。
「問題在於如何將大蛇引誘到那座島，以及如何削弱牠吧。」
「拜託國家的士兵好了。」
城堡有士兵與魔法師，但是否能出動他們，光憑妾身的判斷是無法決定的。
「還是說，我們自己去跟牠打？」
「能打倒就是英雄了呢。」
精靈等人笑了。
這種時候還笑得出來，也是一種強大。
「不過，實際上，光靠妾身等人是辦不到的。人手不夠。」
要跟那隻大蛇戰鬥，就需要相應的人數。
至少也需要實力足以與那些頭戰鬥的四支部隊。
必須避免頭與頭之間互相合作。
「就算見到大蛇也不會臨陣脫逃，而且勇於作戰的人啊。」
只能與國王交涉了。正當妾身這麼想的時候，有人從後方出聲搭話了。

「你們在說什麼？如果要找勇於作戰的人，我們不就是了嗎？」

妾身回過頭，一大群冒險者出現在妾身後方。

「你們是？」

「這件事也算我們一份吧。」

「是啊。」

一個人這麼說，其他冒險者也紛紛點頭。

「你們都聽到了嗎？」

「你們用那麼大的聲音說：『真的能封印牠嗎！』我們當然會在意了。」

「你們真的明白嗎？要跟大蛇戰鬥呢。跟那麼巨大的魔物戰鬥，會有生命危險的。」

「這個國家有我們重要的家人和朋友。保護他們不受危險的魔物傷害，不就是我們冒險者的工作嗎？」

聽到男人這番話，其他的冒險者們也點點頭。

這份心意很令人高興。

願意賭上性命守護這個國家的人不只有妾身。

「感謝你們。」

妾身深深低下頭。

過去篇　籌　之三

妾身與這個國家的冒險者從精靈的口中聽說了關於封印的詳情。

首先，第一要務是封印魔物體內的魔石之力。所以，必須掌握魔石的位置才行。

然後，趁著魔石的力量減弱時，要封印魔物的本體。

該做的事是將大蛇引誘到小島。

以及掌握大蛇體內的魔石位置。

並且削弱大蛇。

然後，在大蛇衰弱的時候將其封印。

「只要讓許多人搭上船移動，就可以引誘大蛇追上來了。」

「得賭上性命呢。」

「大蛇的魔石位置只能靠近觀察了。」

冒險者們問道：「看得出來嗎？」而精靈說他能知道大致的位置。

「這麼說來，我們的職責就是削弱大蛇吧。」

「很簡單嘛。」

冒險者們笑著這麼說。

他們都知道這件事並不簡單。

如果不保持樂觀的想法，內心恐怕會被不安的情緒壓垮吧。

「大蛇共有四顆頭，分別帶著火、水、風、岩。你們先想想應對的方法吧。」

「篝，妳呢？」

「這件事不能只靠冒險者。妾身要告訴國王，請國家的士兵與魔法師一同協助。」

妾身離開冒險者公會，前往城堡。

城堡已經開始討論逃離國家的方案。

「別開玩笑了！」

妾身大叫。

國民與冒險者正要挺身與大蛇戰鬥，國家的領導階層居然想要逃走。

「妾身不會追究想逃走的人。不過，妾身不允許這種人再次回到這個國家。你也想逃走嗎！」

妾身向年輕國王問道。

國王搖搖頭。

「我要留下來，與國家共存亡。」

這句話讓妾身放心了。

他確實繼承了那名少年的血脈。

「到時候，妾身會先赴死。你要掙扎到最後。」

然後，妾身將想逃走的人趕出了房間，有半數以上的人留了下來。

「你們不走沒關係嗎？」

年輕人離開，剩下的人大多是年長者。

「我們這種老人家留下來或許也只會礙事，但與篝大人同樣是曾經侍奉先王的臣子，所以願意與王室共進退。」

「感謝你們。如果連你們也離開，會影響到軍隊的士氣。而且國民看到你們露面，應該也會比較放心吧。」

「如果我們這種老人的臉能派上用場，請儘管吩咐。」

國民對曾經侍奉先王的人很熟悉。

妾身將目光轉向國王。

「你就命令士兵與魔法師上戰場吧。恐怕有許多人會死去。將他們的英姿烙印在心裡就是你的職責。雖然難受，但身為國王就是如此。千萬不能別開目光。這麼一來，他們就有勇氣與大蛇搏命。」

「將他們赴死的模樣烙印在心裡……」

國王點頭。

你的兒子現在已經是一個了不起的國王了。

為了國家的未來，妾身不能讓他死去。

準備的期間，上頭交代碰上大蛇的城市居民不要移動，而是躲藏起來。

目前可以確認到，大蛇沒有受到刺激就不會有反應。

牠或許只把人類當作螻蟻看待。人也不會注意地上的小蟲，但數量一多就會感到在意，兩者是同樣的道理。

不過，靜靜待在原地也有極限。

人不吃不喝就無法生存。

雖然有糧食與飲水的配給，但並非所有人都能分得物資。

若不早點採取行動，剩下的人也會死去。

最重要的是，在附近有大蛇的狀態下，精神恐怕撐不久。

其中也有小孩子。必須盡早行動才行。

妾身等人進行最終確認。

負責引誘大蛇的人。

在預定與大蛇交戰的島上待命的人。

學習封印方法的人。

精靈說想事先觀察大蛇，於是妾身帶精靈前往大蛇的所在地。

「現在無法駕船。」

「既然如此，要怎麼過去？」

「妾身帶你過去。可以的話，請你別嚇到了。」

妾身這麼說，然後背對精靈。妾身的頭上長出狐狸耳朵，屁股長出尾巴，身體漸漸變形，成為一隻大狐狸。

「……狐狸。」

「什麼都別說，坐到妾身的背上吧。」

精靈默默地坐到妾身的背上。

「好好抓牢，別摔下去了。」

妾身載著精靈越過大海，來到大蛇出沒的城市附近。

「那就是大蛇嗎……真的好大。」

即使從遠處觀看，也能感受到牠的巨大。

「你怕了嗎？」

「要是說我不怕，那就是謊言了。不過，我們不能退縮。現在牠的身上並沒有帶著妳所說的屬性呢。」

「只要對牠發動攻擊，馬上就會顯現了。」

妾身曾一度以為有機會而對牠發動攻擊，但牠馬上就反應過來，使出各個屬性的力量。

「話說回來，頭部分別帶有不同的屬性啊。」

「你怎麼了？」

「我想牠體內的魔石恐怕不只一個。」

「妾身從來沒聽說過魔物體內有多個魔石的例子。」

「不，過去曾出現擁有兩個魔石的魔物。」

「是嗎？」

「我想發動攻擊，觀察牠的反應。」

「別這樣，附近還有居民躲藏著。就算要發動攻擊，也要等到預定與大蛇開戰的當天。」

「我知道。不過，我們還是該多準備一點，以防萬一。」

然後，經過一番準備，終於來到與大蛇決戰的當天。

不論是贏是輸，這都是最後一場戰鬥了。這場戰鬥一結束，人們恐怕就沒有能力再戰。所以，這次非贏不可。

「那麼，妾身走了。」

妾身獨自一人前往大蛇逗留的城市。

引誘大蛇前往小島的職責由妾身承擔。因為這是最不會消耗戰力，也最確實的方法。用船引誘大蛇的話，萬一船遭到破壞，就會失去船上的戰力。既然如此，由能夠飛行的妾身接下這份任務，才能將人力分配給其他的準備工作。

妾身來到城裡，便看見大蛇肆無忌憚地待在城市中央。

城裡的居民已經私下接到通知，離開大蛇將通過的路線，以免被大蛇發現。這份賭命的工作是由冒險者完成的。

妾身朝大蛇施放強大的魔法。

一決死戰吧。

魔法一命中，大蛇的身體便立刻發動不同的屬性。

正如精靈所說，牠很有可能擁有多個魔石。

位置在哪裡？

妾身的工作不只有將大蛇引誘到小島。

同時也要調查魔石的位置。

大蛇使用魔力時，體內的魔石就會有反應。

妾身使用精靈傳授的魔法，尋找魔石的位置。

妾身對大蛇發動攻擊。大蛇吐火的時候，頭部的中心附近出現了魔力反應。不只是火屬性的頭，水、風、岩也一樣。

共有四個魔石。

而且，反應很強烈。

用其他魔物測試的時候，從來沒有這麼強烈的反應。

十倍、一百倍，或許更高。

大蛇開始行動。

牠壓毀建築物，追上妾身。

「就是這樣，跟著妾身來。」

妾身引誘大蛇往小島前進。

過來這裡。

大蛇進入海中。火焰雖然熄滅了，水之大蛇的水量卻隨之增加。威力比待在陸地時更強，風浪也因為風之大蛇的影響而加劇。而且大蛇光是移動，就會產生高大的海浪。

由於火之大蛇的力量會減弱，所以也有人提議在海上戰鬥，但沒有採用這個提議是正確答案。

如果真的那麼做，船隻恐怕會輕易沉沒。

水之大蛇朝妾身吐水。妾身躲開了。

妾身一路閃躲大蛇的攻擊，抵達預計封印大蛇的島嶼。

妾身將魔石的位置告訴在島上等待的精靈等人。

「果然沒錯。」

「很棘手呢。」

「不，那倒不一定。比起光靠一個魔石，如果是四個魔石合起來才變得那麼強大，只要一一削弱就行了。」

精靈如此反駁同伴所說的話。

比起對付一個強敵，一一打倒四個雜兵，確實比較輕鬆。

然後，妾身等人按照預定計畫，與大蛇展開一場消耗戰。

冒險者、士兵、魔法師分別開始作戰。

能夠使用魔法的人主要是對付頭部，無法使用魔法的人則對身體發動攻擊。

所有人同時對大蛇造成傷害，使牠將魔力用於再生，消耗牠的力量。

即使是一個穿刺傷，也要消耗魔力來恢復。

冒險者與國家的士兵及魔法師紛紛倒下，但也確實消耗了大蛇的力量。

現場可以用屍橫遍野來形容。

然後，在戰鬥中，意料之外的事實曝光了。

「你說還有另一個魔石？」

精靈說身體中央也有魔石。

而且不只是各個頭部，身體中央的魔石也會供給魔力給頭部。

「這麼說來，一一打倒頭部的方法行不通嗎？」

「也不是行不通。只要讓牠將本體的魔石供給的魔力使用在其他地方就行了。我們要增加對身體的攻擊，讓牠將魔力用在身體的再生上。」

「妾身等人哪裡還有戰力能……」

現在的戰況已經十分危急了。冒險者與士兵紛紛倒下，魔法師的魔力也漸漸耗盡，戰力反而比一開始更少。

妾身正要表示戰力不足的時候，有人從後方出聲搭話了。

「既然如此，就由我們來承擔這份職責吧。」

妾身的後方出現了不應該出現在這裡的年輕國王。

「我帶了願意與我並肩作戰的部下來。」

負責保護國王的士兵與魔法師都留在城堡。他說自己帶了那些人過來。

「你為何要來！」

「如果輸掉這場仗，我也一樣會死。既然如此，比起保留戰力而死，我寧可現在上戰場，盡量提高戰勝的可能性。」

國王說得對。

而且，毫髮無傷的援軍正是現在的妾身等人所需要的。

「感謝你，你幫了大忙。」

「這也許是篝第一次向我道謝呢。」

年輕國王笑了。

「不過，你要待在安全的地方。你要死也要等到最後再死。國王的死會影響到士氣。若你死了，就會失去原有的勝算。」

「我知道。雖然只是裝飾品，我仍然是國王，不會給你們添麻煩的。」

「不，你是個了不起的國王。」

妾身想起發誓保護弱者的少年。

你的兒子成了一個了不起的國王。正因為如此，妾身絕不會讓他死在這裡。

新的戰力加入以後，妾身等人重新開始與大蛇戰鬥。

「你差不多也該倒下了吧！」

終於有一顆頭倒下。牠還想繼續行動，但矮人在地面上挖了一個巨大的洞。大蛇頭從脖子開始墜入洞裡。魔法師立刻用泥土將牠埋起。

這時精靈趕了過來，在地面上描繪魔法陣。

地面發出光芒，然後又暗了下來。

「成功封印一顆頭了。」

不過，其他的頭正在活動的期間，封印有可能解除，所以必須持續灌注魔力。

魔法師們代替精靈，持續地灌注魔力。無論遇上了多麼危險的情況，他們都不能離開這個地方。

然後，妾身等人接二連三地削弱大蛇，並一一封印。只剩下一顆頭了。犧牲了許多生命，好不容易才走到這一步。到處都有許多人倒在地上。不過，妾身無法對他們伸出援手。

只能繼續前進。妾身等人必須代替倒下的人，繼續戰鬥。

即使被稱為怪物也在所不惜。

妾身化身為大狐狸，與大蛇戰鬥。

所有人都很驚訝，但精靈等人大喊，說妾身是這個國家的守護獸。

多虧如此，眾人都士氣大振。

妾身從來沒想過，這副模樣竟然能成為眾人的力量。

所有人用盡最後的力氣，一一打倒大蛇頭。

還剩一顆。

「到此為止了。」

妾身的魔法命中大蛇。

最後的大蛇頭於是倒下。

「趁現在！」

精靈封印最後的身體，與大蛇的戰鬥便結束。

這算不上打勝仗。

許多人非死即傷，沒有人是完好如初的。

即使如此，倖存下來的人依然喜極而泣，為死者痛哭失聲。所有人都累得一步也走不動了，無法繼續戰鬥下去。

光是封印就費盡了全力。

可是，總算是守住國家了。

然後，擊退大蛇的善後工作告一段落的時候，有四名冒險者被奉為英雄。他們總是站在前線戰鬥。

人們一致認為若沒有這四個人，這場仗恐怕贏不了。

「四英雄啊。」

「應該是五英雄才對。」

國王糾正了妾身的自言自語。

「妾身並沒有……」

「有很多士兵都是被妳救了一命。據說其中還有人將妳奉為神明呢。」

「妾身只是個狐狸怪物罷了。」

「世界上才沒有這麼漂亮的怪物呢。」

「妾身以為你還是小孩子，原來你已經會說這種話了呀。」

「妳以為我幾歲了？我也已經有了孩子，別再把我當小男孩看待了。」

「說得也是。你已經是個了不起的國王了。」

「話說回來，妳真的要在那座島生活嗎？」

「總得有人守在那裡。有許多人知道了妾身的真面目，暫時在那座島過著寧靜的生活也不錯。」

在戰鬥中，妾身為了發揮全力，化身為大狐狸。

妾身的事情已經傳出去了。

「沒有人會把妳當作怪物看待的。」

「妾身明白。不過，妾身想暫時過著寧靜的生活。」

戰鬥結束後，沒有任何人來追究妾身的真面目。

他們並不是對妾身視而不見，會對妾身打招呼。可是，他們看妾身的表情有些難以言喻。不

過，妾身並沒有感到不悅。

然後，城市開始重建的時候，即將舉辦一場遊行。

站在前線與大蛇戰鬥的四名冒險者與妾身被奉為英雄，要跟並肩作戰的士兵與魔法師一起在全國各地巡迴。

可是……

「到處都找不到他們？」

「是的，到處都找不到。」

「他們交代我將這封信交給篝大人。」

女傭遞出一封信。

這封信來自精靈等四人，信上表示他們要離開這個國家。

我們不是英雄，只是一群冒險者。所以，我們要繼續冒險的旅程。篝，謝謝妳。這段時光很開心。

他們的信上寫著各自的想法。

妾身已經將自己決定守護大蛇封印的事情告訴他們四個人。

他們或許是覺得說出自己即將離開國家的事，就會動搖妾身的決心吧。

妾身知道他們會離開。

後記

我是くまなの。感謝您拿起《熊熊勇闖異世界》第十九集。

第十九集是和之國篇的後半段。

優奈帶著過去的英雄——穆穆祿德先生，跟篝小姐一同與大蛇戰鬥。當然不只有他們三個人，櫻、忍，以及跟著穆穆祿德先生一起來的露依敏也盡了自己的全力，對抗大蛇。

和之國的戰鬥到了這一集便結束。

下一集將描述和之國後來的故事，優奈也會展開新的冒險，敬請期待。

另外，大家很好奇的動畫第二季應該很快就會發表了。我這個作者也盡了微薄之力，提供協助。

監修劇本的時候，最令我煩惱的是刪除的部分。動畫與小說不同，不可能包含所有的情節。

能將所有的情節都做成動畫是最好的，然而辦不到，所以我只好勉強刪除某些部分，將故事改短。

我自己也會看動畫，經常會注意到哪些部分被剪掉了。決定加進哪些故事、刪除哪些故事，真的非常困難。

最不該發生的情況是讓觀眾覺得不看原作就看不懂故事。我會注意這一點，做好監修的工作。

希望大家可以再等一下，期待動畫的播出。

最後我要感謝在出版過程中盡心盡力的各位同仁。

感謝０２９老師總是替這部作品繪製漂亮的插畫。您這次也描繪了許多可愛的女孩子，非常感謝您。

感謝編輯總是包容我的錯誤。另外還有參與《熊熊勇闖異世界》第十九集出版過程的諸多人士，感謝你們的幫助。

感謝閱讀本書至此的各位讀者。

那麼，衷心期待能在第二十集再次相見。

二〇二二年十月吉日　くまなの

國家圖書館出版品預行編目資料

熊熊勇闖異世界/くまなの作；王怡山譯. -- 初版
. -- 臺北市：臺灣角川股份有限公司, 2023.08-
冊；　公分. -- (Kadokawa fantastic novels)
譯自：くま クマ 熊 ベアー
ISBN 978-626-352-804-8(第19冊：平裝)

861.57　　112009555

Kadokawa
Fantastic
Novels

熊熊勇闖異世界 19

（原著名：くま クマ 熊 ベアー 19）

2023年8月16日　初版第1刷發行

作　　者：くまなの
插　　畫：029
譯　　者：王怡山

發 行 人：岩崎剛人
總 編 輯：蔡佩芬
編　　輯：邱瓈萱
美術設計：黃永漢
印　　務：李明修（主任）、張加恩（主任）、張凱棋

發 行 所：台灣角川股份有限公司
地　　址：104台北市中山區松江路223號3樓
電　　話：（02）2515-3000
傳　　真：（02）2515-0033
網　　址：www.kadokawa.com.tw
劃撥帳戶：台灣角川股份有限公司
劃撥帳號：19487412
法律顧問：有澤法律事務所
製　　版：尚騰印刷事業有限公司
ISBN：978-626-352-804-8